RAMBO
FIRST BLOOD PART II

第一滴血 2
生 死 与 共

[加] 大卫·莫瑞尔（David Morrell）著
王晨 译

重庆出版集团 重庆出版社

版贸核渝字（2020）第 195 号

图书在版编目（C I P）数据

第一滴血. 2, 生死与共 /（加）大卫·莫瑞尔著；
王晨译. -- 重庆：重庆出版社，2022.1
书名原文：Rambo: First Blood Part Ⅱ
ISBN 978-7-229-16238-2

Ⅰ. ①第… Ⅱ. ①大… ②王… Ⅲ. ①长篇小说－加
拿大－现代 Ⅳ. ① I711.45

中国版本图书馆 CIP 数据核字 (2021) 第 240792 号

第一滴血. 2, 生死与共

[加] 大卫·莫瑞尔 著 王晨 译

出　　品：华章同人
特约策划：高朗出版公司
出版监制：徐宪江 秦 琥
责任编辑：王昌凤
特约编辑：张铁成 李子安
责任印制：杨 宁
营销编辑：史青苗 刘晓艳
封面设计：刘 怡 孙雪骊

重庆出版集团
重庆出版社 出版
（重庆市南岸区南滨路 162 号 1 幢）
北京盛通印刷股份有限公司 印刷
重庆出版集团图书发行有限公司 发行
邮购电话：010-85869375/76/77 转 810
重庆出版社天猫旗舰店
cqcbs.tmall.com
全国新华书店经销

开本：880mm × 1230mm 1/32 印张：9.375 字数：231 千
2022 年 2 月第 1 版　　2022 年 2 月第 1 次印刷
定价：45.00 元

如有印装质量问题，请致电 023-61520678

前言

开始阅读这本书之前，你应该先了解一下它的特殊性质。

二十世纪七八十年代，一种名为改编小说（novelization）的混合型小说流行起来。从根本上说，它是由剧本扩充而成的类似小说的东西。在盒式录像带广泛应用之前，《星球大战》和《E.T.外星人》等电影的粉丝只能在电影院里，或者在等待很久后在电视上欣赏它们。当时既没有 DVD，也没有有线电影频道。

制片方认为，粉丝们一定足够热爱这些电影，愿意以图书的方式重新体验电影讲述的故事。然而电影可以完全依赖剧本拍摄，图书却需要重新创作。一名作家会被雇来将剧本改编成小说，描述人物角色和背景，同时让读者知道角色在想些什么。

一些制片方要求作者不改动情节和对话，对于接下改编剧本工作的小说家而言，这可能会有些困难。作者添加多少描述和想法，才会让电影失去它原本的力量呢？

另一些制片方理解作者需要一定程度的创作自由，于是诞生了一些有趣的小说类作品，特别是威廉·科兹文克（William Kotzwinkle）1982 年改编的《E.T.外星人》，它不但得到了图书评论家的好评，还取得了令人震惊的百万销量。埃里奇·西格尔（Eric Segal）1970 年的畅销书《爱情故事》(*Love Story*) 是作为原创小说营销的，但实际上西格尔先写的是剧本，然后才将剧本改编成了小说，为这部后来非常受欢迎的电影造势。约翰·韦恩 (John Wayne) 1953 年主演的影片《蛮国战笳声》(*Hondo*) 是根据路易斯 · 拉摩 (Louis L' Amour) 的短篇故事《科奇斯的礼物》(*The Gift of Cochise*) 改编的。后来拉摩将这个短篇故事和詹姆斯 · 爱德华 · 格兰特 (James Edward Grant) 的剧本结合起来，创作了这部电影的改编小说。小说的封面上印着约翰 · 韦恩的推荐语，这对拉摩的职业发展是个巨大的促进。

所以关于改编小说，的确存在一些有趣的例子，但我认为《第一滴血 2》的经历要有趣得多。1972 年，我将自己第一部小说《第一滴血》的电影改编权卖给了哥伦比亚电影公司，供理查德·布鲁克斯 (Richard Brooks) 编成剧本并导演。1 年后，哥伦比亚电影公司将版权卖给了华纳兄弟，候选导演是马丁 · 里特 (Martin Ritt)，保罗 · 纽曼 (Paul Newman) 有望出演警长。当这种可能消失后，西德尼·波拉克 (Sydney Pollack) 被雇为导演，指导史提夫·麦昆 (Steve McQueen) 出演兰博，但这个制作团队最终也分崩离析了。更多电影工作室和编剧先后参与进来，直到 1982 年，卡洛可电影公司拍摄了我的小说，由西尔维斯特·史泰龙扮演兰博。

这部电影大获成功，于是两年之后开始制作续集《第一滴血 2》，故事发生在越南，取景地搬到了墨西哥阿卡普尔科 (Acapulco) 城外的乡村。电影拍到一半，制片方认为将剧本改编成小说有助于影片的宣传营销，但是当他们研究多年前我与哥伦比亚电影公司签订的合同时，发现其中一项条款规定只有我才能撰写关于兰博的图书。

那是 1984 年的 10 月，卡洛可电影公司的一位律师打电话询问我有没有兴趣撰写这部改编小说。我说："没兴趣。"当时我正在撰写一部名为《石头联谊会》的新小说，而且尽管我在前面提到了改编小说的一些有趣的例子，但是我有许多写过改编小说的作家朋友，他们的普遍看法是，从文学的角度看，这段经历就像是把自己变成了复印机，所以我决定不讨这份苦吃。

"没兴趣。"

第二天和第三天，我又各接到一通电话，看来这家制片公司真的很想用一本改编小说宣传这部电影。在那个时代，美国的几乎每一座商场通常都有两家连锁书店（Waldenbooks 和 B. Dalton），如果改编小说成功出版，在这些连锁书店大量铺货，那么每个购物者都能看到引人注目的封面——史泰龙扮演的兰博赤裸上身，露出带着刀疤的胸膛，手持一台火箭发射器。

我仍然说："没兴趣。"

电话持续不断地打过来，一直打到 11 月初。我问了问制片方什么时候需要拿到这本改编小说。

"12 月底。"

"离现在不到 2 个月？不可能。"

第二天，一位制片人打电话过："你真应该改编这本小说，这部电影会大获成功，和它扯上关系绝对会让你很高兴。"

在这里我要停顿一下，指出《第一滴血 2》的剧本跟我毫无关系，直到我在报纸上看到影片开始拍摄的消息，我才知道制作续集的计划。在好莱坞，作者常常是最后一个得知任何情况的人。好莱坞有个关于一位小明星的老笑话，说她单纯到去引诱编剧，误以为这样有助于自己的事业，哈哈。"我正在写一本小说，"我说，"没什么时间写这本改编小说，而且这基本上是重复性动作，只是把别人编出来的对话再打出来而已。”

“我跟你说，这部电影会大获成功的。”

那时我住在艾奥瓦州的艾奥瓦市，是艾奥瓦大学美国文学专业的教授。第二天早上 8 点，正当我准备赶往学校时，门铃响了。

我打开门。

一个身穿制服的男人站在我面前。

制服男子说：“联邦快递。”在那个时代，联邦快递才刚刚开始经营，我真的不知道面前的这个人是谁，这是怎么回事。

“请在这里签字。”他递给我一个包裹。

包裹上的标签写着：“卡洛可电影公司，洛杉矶”。

“他们发了急件，昨天下午发出的。”男子解释道。

“从洛杉矶？昨天下午？这不可能。”

关上门，打开包裹，我发现了一份盒式录像带。在那个时代，大多数电影不会使用录像带发行，除非是音像店里供租赁的那种，录像机主要是用来录电视节目的，但我手上绝对是一份提前录制好内容的录像带。心里还想着赶到学校去，我看了下手表，然后把录像带塞进机器，站着看电视荧幕上的数秒。10……9……8……

一架直升机仿佛是从太阳中心飞出来的，西尔维斯特 · 史泰龙扮演的兰博看起来被惹怒了，他将直升机开到一个越南战俘营，用机枪和火箭发射器将所有东西轰得稀巴烂。在这场攻击的中途，杰瑞 · 戈德史密斯（Jerry Goldsmith）充满力量感的音乐响了起来。

轰。

音乐变强了。

轰！

音乐变得更强了。

直升机降落在地面上，兰博跳出来，端着一把 M-60 机枪，将更多东西打得粉碎。

音乐声量增大。

录像结束。

我张开的嘴还没有合上。

我向厨房走去，妻子正在那里为儿子和女儿做上学的准备。

和那位制片人告诉我的一样，我说："这部电影会大获成功。"

包裹里还有一份电影剧本，我在那天用上课的间隙把它看完了。

剧本有 90 页，内容十分流程化，大部分内容都是一些舞台指令，比如"兰博跳起来，开枪打了这个人"和"兰博跳起来，开枪打了那个人"。怎么可能有人能够根据这样的东西弄出一本书呢，尤其是我被告知，在我将手稿交给出版商两三个月之后才能看到电影成片。

那天晚上，影片的执行制片人又打电话过来了："这部电影会大获成功，"他又说了一遍，"你应该写这本改编小说。"

"但是没有多少能变成书的内容。你寄来的录像带很让人兴奋，但是一本书还需要更多内容。你还有别的东西吗？"

"既然你问起来了，倒是有一份我们没有用的剧本。"

"你们没有用的剧本？"

"詹姆斯·卡梅隆写的。"

让我在这里再停顿一下。如今，詹姆斯·卡梅隆以执导影史最成功的两部影片而名声大噪：《泰坦尼克号》(*Titanic*) 和《阿凡达》(*Avatar*)。前者让他得到了奥斯卡最佳导演奖，更不用说这部影片本身还获得了奥斯卡最佳影片奖。《异形》（*Aliens*）、《终结者 2》（*Terminator 2*）、《深渊》（*The Abyss*）、《真实的谎言》（*True Lies*），卡梅隆执导过许多大片，或者用《兰博》的电影执行制片人喜欢说的那样，大获成功的影片。

不过，制片人提到的詹姆斯·卡梅隆还没有成为那个詹姆斯·卡梅隆。当时，卡梅隆的经验还不多，他只是为低成本制片人罗杰·科尔曼（Roger Corman）工作过，然后自编自导了《终结者》系列的第一部影片，这是一部小众邪典而非热门大片。不过我知道卡梅隆是谁，而且当制片人提到他的名字时，我就很想看看那个剧本了。

第二天早上 8 点，门铃响起，此时的我已经习惯联邦快递这回事了，毫不迟疑地签收了包裹。我急切地将它打开，想看看没被电影使用的内容。

这样的内容有很多——这真是太棒了，我第一次对这个项目产生了兴趣。

卡梅隆的剧本是这样开始的。政府的一辆汽车开到一座沉闷、高耸的建筑前，陶德曼上校下车，进入这栋建筑，沿着一条走廊走到深处。在这条走廊两侧的房间里，一些表情惊恐的人眼神茫然地凝视着虚无，这是一家收容精神失常者的医院。随着陶德曼上校往里走，房间里的人看上去情况越来越糟。陶德曼走下楼梯，来到一条装着铁门、仿佛监狱的走廊。在这条走廊的最深处，一个警卫手持一把 .45[1] 口径手枪，站在最后一道门外。从装着铁栅栏的小窗往里看，这个房间一片漆黑。

[1] .45 表示子弹的口径，单位为英寸，即 0.45 英寸。后文中关于口径的表达皆为此意。

“又把灯泡砸碎了，”警卫说，“他以为自己是黑暗王子。”

在这里我们见到了兰博，他蹲在一个角落里，准备袭击进入这个房间的任何人。

哇。

如果你看过这部电影，你就知道它是以兰博开场的——他没有穿上衣，正在一座采石场里把石头敲碎。我问了一个执行制片人，为什么第一幕他们不使用卡梅隆想出来的更有趣的场景。

“观众会觉得兰博疯了。”他答道。

嗯，话是没错。但是天哪，这是多么绝妙的开场。这个剧本还有很多其他类似的引人入胜的场景，但它们都没有出现在我收到的那份拍摄剧本中。

不过我很清楚的是，为什么另一个元素没有被使用。在卡梅隆的剧本里，兰博有一个战友，一名年轻、热情、滑稽的士兵，和他一道参加寻找战俘的任务。史泰龙不久前执导了约翰·特拉沃尔塔（John Travolta）主演的影片《龙飞凤舞》（*Staying Alive*），它是《周末夜狂热》（*Saturday Night Fever*）的续集，而一位执行制片人告诉我，特拉沃尔塔一度被认为是扮演这个战友的人选，因此第一版剧本才会有这个元素。明智的是，这个想法被放弃了。

时间继续流转，此时已是 11 月中旬。如果我要写这本改编小说的话，必须在 6 周之内写完。很多事情让我感到困扰，甚至和卡梅隆的剧本不无关系。这份剧本的最大看点是，兰博被要求返回他在越战中逃出生天的那座战俘营，然而两份剧本对此都一笔带过，丝毫没有暗示兰博会对返回越南尤其是那座战俘营产生情感上的反应。

那位执行制片人又打电话过来了。

“我有多少自由？”我问道。

“自由？”

“拍摄剧本里的内容不够改编成一本书，我能同时用卡梅隆的剧本吗？”

“用多少？”

“很多，而且我还想加入很多我自己的想法，书写出来之后，会让电影看上去像是根据它改编的，而不是反过来。”

“只要能辨认出原来的故事就行。”

“当然。”

我刚刚得到改编小说历史上最不同寻常的作品的创作自由。知道现在自己成了一名开拓者，并且意识到关于兰博，我有很多很多东西想说，于是我满怀热情地接受了这个项目。

我的写作生涯里最紧张的 6 个星期就这样开始了。

首先，我需要做一些特别研究。我联系了阿肯色州的传奇刀匠吉米·莱勒（Jimmy Lile），尽可能地了解他为兰博设计的那把刀的一切。我分别和位于加利福尼亚州范纽斯区（Van Nuys）的霍伊特－伊斯顿弓箭公司（Hoyt-Easton Archery）以及位于加利福尼亚州塞普尔韦达（Sepulveda）的快马邮递运动商店（Pony Express Sport Shop）通了话，前者设计了兰博的复合弓，后者设计了不同寻常的箭。

因为这部电影涉及了那么多关于弓箭的内容，我前往艾奥瓦市的一家运动装备商店寻求指点。弓箭的历史是这本书里我最喜欢的部分，禅宗弓箭手是原型角色，所以我决定将禅融入这本书，并殷切地阅读了奥根·赫立格尔（*Eugen Herrigel*）的《箭术与禅心》（*Zen in the Art of Archery*）。几年前，阿伦·瓦兹（*Alan Watt*）的《禅之道》（*The*

Way of Zen）对我的小说《第一滴血》产生了重大影响，我希望延续禅宗武士这个主题。

这让我想到了拍摄剧本给兰博安排的血统：一半是美洲原住民，一半是德国人。我要承认我在这里停顿了一下，这些都没有出现在我的小说里，我喜欢美洲原住民这个想法，而且我可以将美洲原住民弓箭手和禅宗弓箭手的概念融合起来。但是德国人？西尔维斯特·史泰龙从什么时候起看上去像德国人了？很显然，我需要他有一半的意大利血统，这让我想到兰博可以和他父亲一样是罗马天主教徒，与此同时继承他母亲的纳瓦霍人信仰。再加入一点禅宗元素——这是兰博在越南时从一名与他的战斗小队合作的山地土著居民那里学习的，如此一来，这个角色的维度看上去就比拍摄剧本赋予的丰富多了。

这个剧本还说兰博的家乡是亚利桑那州的鲍伊（Bowie），在我的小说里，它是科罗拉多州的某个地方，但是没关系，也许兰博小时候搬过家，所以我能处理好他和亚利桑那州的联系。和《第一滴血》的电影改编一样，《第一滴血2》的剧本给了兰博“约翰”这个名（正如内战歌曲《当约翰尼迈步回家时》中唱的那样），而他在我的书里只有兰博这个姓而没有名——我觉得只用一个名字听上去更加有力。但是没关系，这我也能处理。（我不知道《第一滴血》的编剧为兰博想出来的中间名缩写“J”有什么意义。）

我像苦行僧一样写作：每天25页。任何一位作家都会告诉你，这是很多的页数。每天教完课，我都匆匆赶回家里的写字台旁，我几乎不怎么睡觉。

我并没有像一台人形复印机一样写作。为了将卡梅隆的剧本与差异相当大的拍摄剧本融合起来，这两个剧本我都需要改写。与此同时，我需要发明各种新的情节节点，例如兰博重回自己曾逃出的战俘营的含义。我增加了特种部队在越南战争中有争议的历史，尤其是我在这本书开始不久提到的那场在 1968 年差一点儿发生的哗变。我创造了很多片段，例如兰博在骷髅山谷中的旅行和被浸泡在烂泥坑中的经历。

这个烂泥坑让我意识到这本书可以分成若干部分，每个部分可以用故事发生的地点作为标题：采石场、狼穴、战俘营、坟墓、烂泥坑，等等。兰博和他的女向导蔻（Co）之间的关系在剧本中着墨不多，于是我写得更详细了一些。我去掉了一些有问题的情节点，例如在一幕场景中，兰博用手持式火箭发射器从一架被敌人认为已经击落的直升机里发射火箭弹，问题在于发射时产生的尾焰会杀死身后被救出来的战俘。我将火箭发射器换成了被名为“龙”的加特林机枪，这种武器出现在卡梅隆剧本的几个场景中，我将“龙”变成了书中的重要道具，用这个名字暗示它与兰博的原始而现代的弓箭的联系。

“我得到报告，他用那副弓箭杀死了 8 名敌人，”一名无线电话务员对自己的上级说（使用的是剧本里没有的对话），“然后，他用刀捅死了 1 个苏联人，用藤蔓勒死了 1 个越南人，用弓弦勒死了另 1 个越南人，又用长矛扎穿了 1 个苏联人，他甚至造出了类似弹弓的玩意儿，用石头把 1 个苏联人的脑浆砸了出来。”

“长矛和弹弓，”陶德曼对负责行动的人说，“这些不正是你说他擅长使用的东西吗？”

我还增加了尼加拉瓜这个热门话题。现在，这可能会让人摸不到头脑。尼加拉瓜？那是怎么一回事？在 1985 年这本书出版的时候，这个话题一点也不会让人摸不到头脑。在尼加拉瓜，反叛分子正在和共产主义政府打内战，美国在秘密资助这些反叛分子，即反共产政府游击队康特拉（Contras）。最终，关于这些资助如何输送（通过伊朗）的重大丑闻威胁到了罗纳德·里根的总统宝座，有人害怕美国即将陷入新版越南战争的泥沼，这就是背景。既然 1985 年没有人需要解释，我就维持 1985 年时这部改编小说的全貌，让尼加拉瓜这个设定像过去一样保留下来。最终，在我发狂般的写作结束后，这本书是三分之一的拍摄剧本，三分之一的詹姆斯·卡梅隆剧本，还有三分之一我自己的创造。但是所有内容都有同一种语调，那是我必须发明出来将一切内容统一起来的东西。相信我：电影剧本没有语调，这种技术上的挑战让我着迷。

最大的技术挑战或许是我在开始这个项目之前需要克服的一件事，如果你对兰博的熟悉只是通过电影的话，也许你想跳过下面几段，因为我要告诉你一个小秘密，是关于我的小说的。

准备好了吗？

好的，下面是剧透。在小说《第一滴血》的结尾，兰博死了，陶德曼上校杀死了他。在电影的首个版本中，兰博也死了，他是用手枪自杀的，影片稍微暗示陶德曼可能为他的自杀提供了帮助。但是当这个版本的影片在拉斯维加斯试映时，观众几乎爆发了骚动，这促使制片方回到《第一滴血》的拍摄地，即加拿大不列颠哥伦比亚省的霍普（Hope），去拍一个新结局。当时没有人想过拍续集，制片方只是想拍一部迎合大众口味的电影，而且由于电影对人物的理解和我的书不一样，这个结局也无可厚非。

重点在于，在我的书结束时，兰博死了，我要怎么样才能让他在《第一滴血 2》里复活？我当然不愿意用某种虚假的解释破坏原著小说的高潮，在这本改编小说的开头说陶德曼并没有真的在原著小说结束时杀死兰博，那都是黑暗中的假象，或者说兰博只是受了伤。他就是死了。

那么我应该忽略这种不一致吗？这个问题让我束手无策。正当我为这个问题忧心时，我遇到了我的小说家朋友马克斯·艾伦·柯林斯（Max Allan Collins），他写过《毁灭之路》（*The Road to Perdition*）、纳特·凯勒（Nate Keller）系列小说，以及几本根据米基·史毕兰（Mickey Spillane）的剧本改编的小说（在史毕兰死后出版），更不用说迪克·特雷西（Dick Tracy）连环漫画了。

这段对话恰如其分地发生在艾奥瓦市的一家书店。

"你过得怎么样，大卫？你看上去好像有什么烦心事。"

"我在思考怎么写一本小说，它也许是有史以来最有创意的改编作品，但有个逻辑问题一直在阻碍我。"

马克斯写过很多改编小说和用来宣传电影的故事，所以这个问题引起了他的兴趣。"跟我说说。"

我据实以告。

他抬头看着天花板，低头看着地板，然后他看向我："简单。只需要说出实话，承认现实就好了，在前面加一条说明，'在我的小说《第一滴血》里，兰博死了。在电影里，他活着。'"

的确很简单——而且很真实。

这本书不但拓展了改编小说的概念，还是极少数成为畅销书的改编小说之一，在《纽约时报》的畅销书排行榜上停留了 6 周之久。

然而在 1991 年脱销绝版之后，我没有费心去将它再版——都是因为兰博死了但现在又活了这档子事。

不过最近，我和朋友们在一次谈话中又提到了这本书。我又读了一遍《第一滴血 2》，并在重新阅读的过程中找到许多乐趣：禅的主题、兰博的多重信仰、弓箭的历史、他对返回自己曾逃脱的战俘营的反应、兰博和陶德曼之间形同父子的关系，我为两个截然不同的剧本添加的这些以及许多其他元素让我不自觉地露出微笑。

至于兰博——过了这么多年，再次与他相遇，真好。

作者说明

在我的小说《第一滴血》里，兰博死了。在电影里，他活着。

CONTENTS

目 录

采石场

1

兰博沉浸在一种纯粹而永恒的禅意时刻，内心十分满足，高高地抡起沉重的大锤。他似乎感受不到锤子的重量，只是享受着它从肩头飞过时划出的令人满意的弧度。将全部精神力量倾注在抡锤的动作中，他用尽全力将锤子重重敲击在钢钎上，钢钎插在这块令人着迷的美丽（因为它存在）白色岩石里。在他的注视下，石头表面出现的每个碎块和凹痕都在变大。受到金属的冲击，这块石头解体了，像炮弹碎片一样炸开，钢钎终于向下坠落……

自由。当兰博想到这个词时，他僵住了，赶紧将它从心里赶走。

不。

他摇了摇头。

他一定不能想到自由。

他一定不能想到任何东西。只管干。

兰博的额头沁出许多汗珠，一滴汗挣脱皮肤的束缚掉在钢钎上，像这块石头一样分崩离析。它那反射着阳光的碎片又让他想起了那些事……

想起了弹片、武装直升机发射的火箭、诡雷、克莱莫人员杀伤地雷、手榴弹、爆发战斗的丛林、嚎叫的士兵、鲜血……

不要想。

如果你想活下来，只管干。

他将钢钎插进另一块岩石，再次举起锤子，集中精神向下挥舞。

再来！

再来一次！

再来……

在他周围，同样沉重、刺耳的金属撞击声回荡在宽敞深邃的采石场，太阳炙烤下的岩石散发出一阵阵热浪。一群人身穿破破烂烂的监狱工作服，满是汗渍的背心后面印着一个大写字母“P”[2]。他们举起锤子，猛吸一口气，身体因为疲劳而左右摇摆，然后将锤子再次敲击在钢钎上，击碎下面的石头。

他们不知道那个秘密，兰博心想。他们一到晚上就发牢骚，对自己的命运感到愤怒和哀伤，抱怨自己遭受的苦难。

他们不知道的秘密是：一切都无关紧要，一切。除了生存。

除了存在本身。

即便是痛苦，也可以是美妙的。如果你正确地思考，如果你屏蔽过去和将来，强迫自己将注意力集中在活生生的当下，即使当下充满了痛苦。

兰博感到肌肉一阵疼痛，他瞟了一眼那些绷着脸、表情阴沉的卫兵。他们站在远处，小心地观察囚犯们的每一个动作，手里端着 12 号口径霰弹枪或者配备瞄准镜的 0.30-06[3] 斯普林菲尔德自动步枪。

不要让这些家伙把你击垮。

有时候，当他挥舞着锤子，感受绷紧凸出的肌肉吸收着钢钎传来

---

[2] 代表“prisoner”，意为囚犯。

[3].30-06，短横线前的数字代表子弹的口径，后面的数字代表子弹定型的年份。

的冲击时，他会回想起把自己弄到这里来的那场暴力：那座小镇、那个警察。没错，提索。那个混蛋为什么不肯让步？

从他心里的某个角落传来一个声音，那为什么你不肯让步呢？我有权利。

干什么的权利？

在这个我牺牲灵魂为之战斗的国家，干我想干的事的权利。

你必须承认，在他眼里，你看起来很怪。

就因为我睡在树林里？就因为我不刮胡子，没有理发？我没有伤害任何人，他没有理由驱逐我。

但你本可以解释。你不得不承认你像个流浪汉。承认吧。你没有工作。

我做什么工作？谁会雇我？我受过的训练只是为了干一件事。在越南，他们把价值百万美元的装备交到我手上，我开的是一架武装直升机。在这儿，我连给人停车的工作都找不到。上帝啊！

他怒气冲冲地将锤子砸在钢钎上。

提索。他一直在逼我，把我抓起来，让他的手下剃掉我的胡子，就像那个军官用刀割我，在我的胸口和背上留下这些纪念一样。

于是你失去了控制。

不，我是在自卫！

从监狱逃走，在山里狠狠玩了那群警察一把，他们毫无还手之力。你把那座小镇炸上了天，想想你对那个警察做的事，而现在……

兰博点点头，怒火中烧。他的禅意时刻完全被搅乱了，他在强烈的愤怒中举起锤子，决心去破坏、消灭下一块石头。

而现在他在为自己参加的那场战争付出代价。当然，他们训练了我，他们很高兴把我送到那儿去。

但是他们为什么以为我会简简单单地忘掉一切？他们为什么不花同样大的力气撤销我受到的训练？

或许因为那是不可能的，或许你已经没有归属之地。

在北越战俘营关了 6 个月之后吗？就没有归属之地了？你最好相信这一点。在此之后，你唯一的归属之地就是地狱。

就像现在，一座监狱被另一座监狱代替。但这一次是在美国：勇敢者的家园，自由者的土地。

如果那个警察当初……怎样？

只要他问一下我过得怎么样。

2

兰博放下锤子，抬起肌肉发达的前臂擦了一下眉毛，但这个动作并没有任何帮助，他的手臂和眉毛一样浸满了汗水。他瞥了一眼最近的卫兵，然后将目光投向放在坡上 10 英尺[4] 开外一块岩石上的水桶。

那个卫兵看到他扬起的眉毛，只是轻轻点了点头作为回应，嘴唇依然紧绷着。

兰博迈着沉重的步伐往上走，一个瘦瘦的黑人囚犯已经站在水桶旁了。他太瘦了，兰博心想。看着他用连在水桶上的长柄勺喝水，他们的目光短暂地相遇了。

见鬼,我觉得我不能忍受了,那黑人似乎在用眼神说。继续这样想，那你就不用忍受了，兰博在心里这样想道。但是他只能让自己的眼睛说，没错，很苦，没关系，放松点儿。

黑人点点头，疲惫地朝采石场里自己的位置走去。

兰博将勺子伸进落满灰尘的水里，舀出一勺水喝起来。水被晒得发烫，还有一股铁锈味儿。可是在越南，他喝过更糟的水。他又舀起满满一勺水浇在背上，但这样做并没有让他感到凉快。

“兰博！”一个生硬的声音从身后传来。

兰博猛地回头，看到面前站着两个卫兵，他们脑袋后面耀眼的阳

---

[4] 1 英尺 =30.48 厘米。

光让人几乎辨别不清他们的容貌和身体。

兰博没有说话。他刚才的行为是被禁止的，要是他做了，就很可能受到报复性的惩罚，挨上一枪托或者一棒子。

“从这边走。”还是那个生硬的声音——它来自左边的卫兵，他指着上坡的方向，“走在我们前面。”他们紧紧抓着武器。

兰博强迫自己不要显露出任何反应。

但他的胃一阵收缩。当他照吩咐走在前面时，心里既好奇又怀疑。

当他听到卫兵在身后说出的话，他的疑虑有增无减。“是啊，上帝才知道是怎么回事。他们叫我把你带过去，伙计。这么说吧，看起来像是上边的命令，最上边的。有客人来看你了。”

3

他的名字是陶德曼，山姆·陶德曼，上校军衔，隶属于美国陆军特种部队。陶德曼是个高个子，身材清瘦，有一张雪貂般精明的脸，身穿整齐的军礼服，骄傲地戴着一顶绿色贝雷帽。他已经50岁了，几乎一半的岁月都是在军队中度过的。从一把AK-47步枪到一支圆珠笔，他学会了如何使用每一种武器杀人——后来又教会了别人。他在丛林、沙漠、群山中战斗过，看到那些被他当作儿子的人被炸得四分五裂，带血的碎块落在他身上，他自己也曾三次受伤……

但是陶德曼现在要做的事让所有这些都不再重要，和这件事比起来，所有其他事都像新兵训练营一样轻松，他面对的是自己军旅生涯中最艰难的任务。

随着他向走廊深处走去，他的厚底军靴发出刺耳的回声。走廊两侧排列着一扇扇装有栅栏小窗的铁门。头顶的灯发出耀眼的光，让他不由得眯上眼睛。陶德曼闻到了充满汗味的陈腐空气，还有别的东西，更加深刻，更加刺鼻：是绝望散发出的臭气。

绝望。

在一名卫兵的陪伴下，他走到走廊末端。“……这一间吗？”他朝最后一扇门点了点头。

“你最好往后站一点。”卫兵拔出一把.45口径手枪，从腰带上摸出一圈钥匙，将其中一把插进锁眼，锁咔嚓一声开了。“我会站在角落，确保不出事。”

“不行。”

卫兵叹了口气：“你看，我知道我的命令是什么，放你进去和他单独谈话，但是这个人不……这么说吧，这些人是囚犯，那些人也是囚犯，而这个人是最危险的囚犯。我要为他负责，也要对你负责。他可能趁机——”

“不行。”

卫兵摇了摇头：“好吧，但你不能说我没警告过你，如果你下定了决心，那你最好拿着这个，”他把手枪递了过来，“以防万一——”

“别废话了。”

陶德曼从卫兵身边走过，推开已经开了锁的门，门上的铰链发出吱吱呀呀的声音，露出一个阴暗局促的房间。

卫兵按了一下门外的电灯开关，灯没有亮。“果然，我应该猜到的。”

“什么？”

“他以为自己是黑暗王子。”

陶德曼没有理他。他径直走进房间，摸到天花板上的灯泡，轻轻扭动它，直到灯泡变亮。

陶德曼向四周扫了一眼：混凝土墙。一张双层铁床用螺栓固定在地板上。地板一角有个直径3英寸[5]的圆形开孔，算是厕所。正对面是一个小小的栅栏铁窗，窗口太高，看不到外面。反正外面也没什么好看的——邻近的一堵墙完全挡住了阳光。

陶德曼继续转身。

---

[5] 1英寸=2.54厘米。

在他左边的角落里，有个人蹲伏在地上，仿佛是在休息，又像是准备跳起来，他的眼睛冒着凶光，肌肉绷得紧紧的——

是兰博。

上帝啊！陶德曼心想。他想起了自己见过的一头关在笼中的黑豹：那头黑豹已经在笼子里转了好几天，前前后后地走来走去，最后终于停下来，蜷缩在地上，眼睛像黑色的太阳一样燃烧，仿佛在等待着什么。

陶德曼再次对这个狭窄的囚室皱了皱眉，他突然理解了一件事：那个警察局的地下室是所有一切开始的地方，当那里的墙壁开始朝着兰博收缩时他是怎样的感受，陶德曼现在都知道了。

不，不是那里，陶德曼想道。这一切早在那之前就开始了。

但他还感受到了别的东西，一种令人难以忍受的惋惜之情——是歉疚？抑或是悲伤？——将他席卷，这一切将会变得比他想象的困难得多。

“放松点儿。”陶德曼转过身去关门，正好瞥见那个不安的警卫。门砰的一声合上，回荡着金属和金属的撞击声。

“我在这儿等着。”卫兵在门外说，他的声音通过一人高的栅栏窗口传了进来。

“不必，你要做的是服从命令，”陶德曼说，“你走到走廊那头去，让我们单独在这里。”

“我得锁上门。”

“那你还在等什么？”

钥匙在门里发出了上锁的咔嚓声。陶德曼听着空洞的脚步声沿着走廊渐渐远去，这才转过身来看兰博。兰博依然没有动，尽管陶德曼刚刚用背对着他，这是信任的姿态，令人安心的信号。

“放松点儿？”陶德曼这次改用询问的口气。

囚室里安静得可怕。

渐渐地，兰博的肌肉像压力之下逐渐回复的弹簧一样慢慢放松了，他小心地控制着这个过程，唯恐弹簧猛然松开。他站起身，沉默持续着。

“约翰。”

“上校。”兰博眯起眼，语气尖刻。

好吧，他从不喜欢闲聊，陶德曼心想，或许我也不喜欢。“我可以坐下吗？”

兰博眯着眼，好像点了一下头——很难判断。

陶德曼轻轻坐在铁床上，毛毯摸上去粗糙扎人，床垫很薄，弹簧发出吱吱呀呀的声音。“那么……这里就是你的家了，哈哈？”他希望这话听上去像是开玩笑。

并不像。

兰博的眼睛眯得更细了，他摇了摇头：“家？外面，采石场里，荒郊野地，那也许算是家吧。我不知道这里算是什么……这些墙壁，它们……”

“嘿，我知道，约翰。别紧张，我到这儿来是帮你的。无论如何，我也做了我能做的所有事情，尽力不让你被送到这个地狱里来。”

“我见过更糟的。”兰博语带怒气。

“没错，你曾经……”陶德曼想象着兰博饱受折磨的那座北越战俘营。“……不是吗？”他紧张地垂下眼帘，却注意到床下有个东西。

一个破旧的鞋盒。这让陶德曼吃了一惊，因为囚室里的所有其他东西看起来都不是私人的。

“我能看看吗？”

兰博没有回答。

陶德曼就当他已经同意了，便抓住机会将鞋盒拉了出来。

但是当他打开鞋盒，看到里面的东西时，却几乎说不出话来。“这是你的东西？”

“是的。”

陶德曼难受地咽了一下口水，翻动鞋盒里的东西。

全都是布满褶皱的照片，照片上的人都是兰博在特种部队的战友。有单人照，也有几人一群的集体照；有嬉笑打闹的，也有一本正经的；有穿着军装的，也有身着便服的。

但其中一张照片特别吸引陶德曼的目光。那是年轻时的兰博，胡子刮得干干净净，一副天真的样子，露出灿烂的笑容。

陶德曼心中涌上一阵悲伤，他抬起眼，看着站在对面的这个残暴的人，在自己训练过的这些人里，他最像是自己的儿子。他清了清嗓子，试图让声音听上去自然一些：“虎胆龙威啊，和我并肩战斗过的最好的士兵。”

“这些人都死了。”

“可你没有死。”

“或许我还是死了好。”

陶德曼避开兰博灼人的目光，又看了鞋盒一眼，他感到喉咙有点儿发胀。“荣誉勋章。”

“噢，没错，最高级的荣誉。这个东西再加上 25 美分，就能在外面的什么地方换一杯咖啡。”

“还有……”但这并没有让谈话变得轻松，“一枚杰出服役十字勋章，两枚银星勋章，四枚铜星勋章，四枚越南英勇十字勋章，还有——”陶德曼痛苦地咽了一下口水，“几枚紫心勋章。”

“五枚。他们让我留着这些东西。我从来没要这些东西，从来都不想要。”

“你想要什么？”

“想要什么？我只……我不知道……在这一切发生之后……我想我只需要一个人，一个人就行，他会走过来握着我的手说，‘你干得好，约翰。’而且他说的是真的，他真心这么觉得……在发生了这一切之后。”

“你选择在这场错误的战争中成为英雄。”

“我没有选择任何东西，而且我从未想要成为所谓的英雄，我所做的都是……”

陶德曼等了一下，开口说道：“训练你做的事。”

“别人叫我做的事，还有我被迫做的事……只是为了活着，”他朝墙壁做了个手势，“活着。”

囚室似乎在缩小。陶德曼不能再等了。“约翰，我……”他站起来，向前走了一步，“……我承诺过，我会尽我所能帮助你。”

兰博盯着他。

“帮助你离开这里。”

没有反应。

“不感兴趣吗？”

没有回答。

“你不可能是想留在这里吧。”

“但我要做什么才能出去呢？在这里，至少我知道自己站在什么地方。我讨厌这些墙，但当我在采石场，在阳光下，在旷野里的时候，还没那么糟糕，甚至可以说是安宁的。”

“你先听我说，”陶德曼摇了摇头，“不，不对，是听听我们两个人说的。”

“两个人？”

“让我们去散散步吧。”

陶德曼拍拍门：“外面的人，我知道你在听！把这该死的门打开！”

4

兰博惊讶地盯着监狱前面宽阔翠绿的草坪，仿佛出现在面前的是海市蜃楼。洒水器正在给草坪浇水，空气中弥漫着一股下过雨的气味。兰博深深吸了一口清甜的空气，在陶德曼的陪伴下翻过一座小丘，走向一个身穿老式灰色西服的大汉。

在身后，两个负责看守的卫兵和他们保持着一定距离。兰博听见他们拉开了枪栓。他手腕上的手铐扣得特别紧。

他们走到那人面前。“这位是默多克，”陶德曼说，“默多克，兰博。”

默多克伸出手来，兰博能够做的只有抬起手腕，展示铐在上面的手铐。

默多克咧嘴一笑，点上一支烟：“是啊，我看到他们给你造成的不方便了。总之，你好，很高兴见到你。”

兰博仔细观察他的脸。这张毫无特色的脸上有一种奇怪的东西，尽管脸上堆着像大学生一样没心没肺的笑，眼睛里却闪着冷酷的光。他困惑地看了一眼陶德曼，又看向默多克：“你是个间谍？”

默多克的笑容消失了，他斜着眼睛看兰博：“啊，他们说你反应很快，看来说得没错，我是中央情报局特别行动组的。”

“我不和间谍打交道。”

“我们没有那么坏，一旦你了解我们的话。”

“这就是问题所在，我了解你们，在越南，六八年。”在中央情报局的接洽下，当时有一支陆军特种部队先遣小队奉命去西贡[6]郊外的一个村庄刺杀一批越共同情分子。当任务完成之后才发现是中情局弄错了，这些被射杀的村民并不是越共，而且正好相反，可中情局不承认自己知晓关于这次行动的任何信息。先遣队遭到起诉、审判，被关在西贡的监狱里，后来被送回美国。特种部队的其他士兵极为愤慨，打算袭击监狱，救出战友。当这场差点儿发生的哗变被中情局知道后，西贡的军事指挥官开始有计划地限制特种部队的行动，逐渐减少他们在东南亚的力量，并威胁说要解散他们。

兰博没有参加那场行动，但是他认识参加行动的人，不会轻易被骗。

“六八年？”默多克问道，“嗨，纯属误会。那都是很久之前的事儿了。另外，你好像跑题了。”他的目光变得更加冷峻。“现在的问题是我们到底在谈什么？莫非这位好上校没有告诉你，我得到了授权，要把你弄出这个地方。我相信这是你想要的，除非砸石头让你感到快乐。”

兰博的目光掠过默多克，落在给草坪浇水的洒水器上。他想起了采石场，囚室里逼仄的墙壁。当凉爽的水雾飘过来，落在他下巴上时，他僵住了。如果你想活下去，就得干。“听听也没什么坏处，要我干什么？”

“你终于开口了，这才对嘛。干什么？正是你擅长干的，特种部队的经典行动……速战速决……快进快出，两天时间。”

“部队里有很多特种兵，他们又没关在监狱里，为什么要找我？”

“为什么？因为我们喜欢你，或者说是中情局总部的那台计算机

[6] 越南胡志明市旧称。

喜欢你。它只用了 7 秒钟就把你的档案打在了屏幕上，各种因素都被计算在内，服役记录，对相关区域的熟悉程度。”

“区域？”兰博皱了皱眉，“哪里？”

“别急，你还没有同意。”

“我不会盲目行动。”

“嘿，也许是我误会了，”默多克怒目注视陶德曼，“我觉得你的手下想……这事只有同意或者不同意，去或者不去……现在就要答复。如果不去，我们就不会有这段对话。如果你去，你也不是为我们干活，没有信息，无可奉告，明白吗？”

默多克将一口都没有抽的烟丢在草坪上，用尖头皮鞋将它踩碎。

洒水器在他们身后轻快地洒出水花。

“告诉他，”陶德曼用严厉的声音催促默多克，“我负责。”

“越南，”默多克轻蔑地撅起嘴唇，“就是现在他们所说的越南社会主义共和国。”

兰博心中一紧。他想起了用刀子在自己的胸口和背上留下十字形疤痕的那个北越军官，他想起了自己被放进去的那个地牢，还有敌军士兵往他身上倾倒的那些污物。长虫子的食物？他吃过。排泄物？他那时都习惯了。还有伤疤？没有一天——或者一晚——他不想以牙还牙……

陶德曼走上前来，兰博感受到了他们之间的战士情谊。“约翰，情况是这样的……在越南，我们丢下了一批人，战俘。”

“你是说现在才有人想起他们吗？”

“我们不会丢下我们的人。”默多克插嘴说。

感觉不对劲。

好像又没问题。

兰博盯着陶德曼，在他的眼睛里看到了承诺、希望，以及一种需要，他们需要赢得至少一部分他们曾为之牺牲灵魂的那场战争。

“好，你说服我了，我加入。”

兰博手腕一抖，将手铐扔在地上。

默多克瞪着他们：“你是怎么把手铐解开的？”

兰博继续看着草坪上的洒水器。

5

在狭窄的囚室里，兰博双腿交叉，孤零零地坐在冰冷刺骨的混凝土地面上，投射出酷似佛像的影子。他木然地盯着身边那个用作厕所的小圆洞。

在身后，他感觉到那个懊恼又无能为力的卫兵正站在没上锁的门边盯着自己。

兰博带着宗教似的虔诚打开鞋盒，盯着里面的东西。这些是他的记忆碎片，那些逝去已久的朋友们留下的痕迹。

象征着勇气。

象征着残酷的死亡。

他伸手摸向鞋跟，像变魔术一样掏出一盒火柴。不用看他就知道，门口那个卫兵一定猛地跳了起来，紧张得脊背发直。

当然，有这种反应是对的，兰博想。任何时候，只要我想，就能把这个地方烧成灰，我猜你一定在想我还藏了别的什么东西。

他用一只手拿着火柴盒，另一只手将他的勋章一个个丢进地板上的洞里。

他听到勋章落下激起的远远回声。

一声。

接着又是一声。

又一声。

他不知道为什么要这样做，但这给了他一种特别的满足感。另外，他对等着自己去做的事有一种不好的感觉，如果回不来，他不想让任何人玩弄自己的东西。

他打开火柴盒，挑出一根，划着，磷粉闪烁火光。

他一张张地烧掉保存的照片，这个朋友，那个朋友。每张照片都带着火光从洞口坠下，在下面的某个地方嘶嘶作响，传来微弱的回声。

终于……

他点燃了自己的照片。

随着预感越来越强，第六感在警告他：如果和默多克打交道，就连采石场也比他要去的地方好。

他看着从前的自己在火焰中消失。

兰博仍然感到不满足，他干脆连鞋盒也一起烧了。

狼穴

1

布拉格堡没有变化——这一点倒是令人宽慰，营房、食堂、军械库、医务室、车辆调配场、练兵场，还有障碍训练场和跳伞塔都挤满了士兵。他们都是在传统训练中脱颖而出的佼佼者，来这里受训成为精英。透过这个房间（属于“特种部队空降兵训练中心”）的一扇窗口，他看到一群排列整齐的新兵迈着有节奏的步伐前进，朝气十足。

一个中士瞪着眼睛，一边跟着队列的步子一边大声吼叫：“左右左，左右左……！哪边是左，笨蛋！挺胸！身体挺直了，姑娘们！我说把身体挺直了！难道没人教过你们这些小娘儿们怎么……”

队列走出了兰博的视线。许多年前，天真无邪的他曾经是他们当中的一个。喉头一哽，他想起了他的爱国之心，他的骄傲。

但是他怀疑，如果事先知道会是这样的结果，他还会接受训练吗？

兰博心中怀着困惑，仔细打量着这间简报室。这是一个用典型的军用土褐色金属椅和金属桌围成的简易小隔间，头顶上的灯亮得刺眼，一个监控摄像头向下凝视着。房间外面，两个宪兵守在门口。

一个副官绕过桌子走过来，交给兰博一个封着口的文件袋，又递给他一个写字板和一支钢笔。

坐在兰博对面的默多克俯身向前说道：“这里面是你的任务。”

“请在这里签字。”副官说。

兰博照做了。

“还有这里。”

兰博再次签字。

“现在你可以打开了，”默多克说，“就在这儿记住里面的内容，这些文件不能离开这个房间。”

兰博打开密封的文件袋，拿出一叠复印件。

默多克又将身体往前倾了倾，说道：“美国军队一共有 2 400 名士兵在越南、老挝和柬埔寨的战斗中失踪，他们已经被官方列入‘据推测已阵亡’之列。当然，他们当中的大多数人的确是阵亡了。”

兰博一张张地翻看这些文件，目光掠过一叠文字打印得非常密集的报告，他挑出了几张长 10 英寸宽 8 英寸、颗粒感明显的黑白照片。

默多克继续说着：“不过，仍然不断有报告传来，大多数是捕风捉影，传言而已。但是后来我们又从难民和当地同情者那里得到了目击报告。提醒你一下，尽管有这么多情报，而且情报的数量每一年都在增加，但是目前没有任何情况得到证实，至今已经有超过 2 300 次目击报告了。最后，我们必须有所行动。对于战俘和战地失踪者家庭联盟、国会和许多美国人来说，这仍然是一个非常敏感的问题。我们认为目前已经掌握了足够的情况，可以采取进一步的行动了。”

兰博凝视着照片。它们是从很高的地方拍的，展示着一小片建筑群，这些建筑大多数是棚屋，四周环绕着茂密的植被，它们建造在雨林中的一片的洼地之内，被热天的雾气遮挡得看不真切。一时间，他还没有反应过来。

然后，在突然的震惊之下，他想起来了。

但他还没开口说话，默多克对这些文件做了个手势：“E-7 号备忘录记录了详情，中北部高地上有一个废弃的越军基地，里面可能有一片营地，可能被用作战俘营。你也看到了，情报比较粗糙，这些卫星照片上有棚屋……兵营，可能是任何东西。”

兰博的目光从照片上抬起，怒目圆睁地盯着默多克。他的脉搏加快了，怦怦地跳动着。“你到底想……”

默多克的身体一下子绷直了，愤怒地涨红了脸问道：“想什么？”

“你以为我认不出这个地方？你以为我在那个地牢里是瞎着眼的吗？你以为我突然变成傻瓜了？这个地方是……！”他的声音在愤怒之下变得如此嘶哑，以至于根本说不下去。

但那没有说出的话是不言而喻的，似乎在整个房间飘荡。

默多克眯起眼，然后扭过脸向陶德曼说：“他曾经是你的部下。”

“当然，我告诉过你。”陶德曼说。

“所以他是你训练的，上校，就交给你处理吧，”默多克向后靠在自己的椅背上，双臂交叉抱在胸前，“这个任务已经足够冒险了……”

陶德曼捕捉到兰博凝视的目光，耸了耸肩：“瞧，他们以为你会感谢他们提供了这个逃离采石场的机会，倒是个符合逻辑的假设，好像没什么问题。他们还以为你的忠诚会让你想要将那些战友带回来。但他们不知道的是，你在那个战俘营的经历是否……没错，就是你被囚禁的那个战俘营，”陶德曼撇了一下嘴唇，“你还在里面受尽折磨。上帝啊！瞧，他们不知道你的反应正好相反，你会告诉他们：‘见鬼，不，你们以为我是那种傻瓜？我才不要回到那儿去。’”

兰博控制住呼吸，尽量抑制自己的愤怒：“间谍，他们不会变的，他们总是一次又一次地说谎。”

“不，”默多克把他的钢笔丢在桌子上，“不是谎言，只是受限信息，你要知道这一点，我从没对你说谎，我只是没有告诉你全部情况。”

兰博仍然盯着他。

“好吧，”默多克说，“既然你想知道全部的情况。没错，这就是你从中逃脱的那个战俘营，它就是目标区域。我跟你说过，那台计算机 7 秒之内就把你的档案打在了屏幕上。因为你的勋章？当然。因为你是条硬汉？那是自然。因为你自己曾经就是一名战俘？毫无疑问。但重点是，我们没有一个人——我是说一个都没有——比你更了解那片区域。让我们面对现实吧，这个任务的风险因素大到极点，谁知道会有什么额外的因素打破平衡，让你临阵退缩？但是如果你坚持住……如果你不放弃……你会暂时回到特种部队，我相信这对你很重要，而如果你成功地完成了任务……我没法保证，但我已经和上面谈过了……你对那座小镇干的事有可能会得到总统的特赦，所以这就是我需要问你的问题，中尉：你加入吗？”

“你很有水平，”兰博说，“你真的很有水平。”

“这没有回答我的问题。”

“我答应，我加入。”兰博条件反射地将一只手伸到他牛仔布衬衫下的伤疤上。

默多克松了一口气：“我很高兴问题解决了，我会准备好必要的证件。”

“计划是什么？”

“计划分为两个阶段：侦察和救援。你负责第一阶段，你将侦察那个地点，确认那里有没有美国战俘，如果有，就拍摄照片并进行战术侦察，然后前往撤离点。”默多克停顿了一下表示强调，“不要试图救出他们，你不会得到救援战俘所需的装备。”

“不要……？”兰博将目光从默多克转向陶德曼，“你是在对我说，如果我发现了我们的人，我不能尝试把他们弄出来？”

默多克没有让陶德曼回答：“不能，绝对不能。如果那里有囚犯，第二阶段的突击队将负责把他们救出来，三角洲部队的人。”

“但我就在那里，我真不敢相信……我就只是拍照？”

“你还记得山西吗？”

兰博记得。

特种部队的每个人都记得。山西是位于北越的一个营地，按照情报那里应该关押着美国战俘。1970 年，包括直升机和护航战斗机在内的 29 架美国军机飞往这里，但是当直升机着陆，特种部队冲下来与敌人交战并杀死多达 200 名敌人之后，他们才发现战俘早在几个月之前就转移到另一座营地了。

“这一次，除非对情报有绝对的把握，否则我们不会贸然闯入。别摆出这副失望的样子，嗯？”默多克拿起自己的钢笔，轻轻敲打着桌子，“这次行动已经够让人胆战心惊了，”他眯起眼睛，“即使对你而言。”

“没问题，就拍照片。”兰博转向陶德曼问道，“长官，这一次我们要赢吗？”

“这一次，”陶德曼说，“由你决定。”

“你去曼谷的飞机，”默多克说，“起飞时间是早上 6 点 30 分，民航机，保持低调。这是你的护照、出生证明、其他证件。你还用自己的名字，这违背我的一贯作风，但是泰国人最近对过海关的美国人非常注意。我们不想有任何……难堪，可以这样说吧？不过只要你进入泰国境内，我们就可以不用管那么多规矩了。”默多克露出了笑容，仿佛这才是他喜欢的部分。

兰博仔细看了看护照上的照片，是张近照，这让他皱起了眉头，他不记得什么时候拍过这张照片。“你从哪儿弄的照片？你需要时间来……你对我就那么有把握？”

“我不对任何事情有把握，我们把那玩意儿造出来就像把它撕碎一样容易，”默多克说，“在曼谷，你要在指定地点秘密会合……”

2

这架日本航空公司的喷气式客机引擎的轰鸣声减弱了，飞机开始降落，兰博觉得胃有些翻腾，耳膜因为不断增加的压力而发胀。他咬紧牙齿，吞咽口水，以消除耳朵的不适感，伴随着耳朵里“嘭”的一声，在拥挤的机舱里，各种声音听上去更真切了。他看到了窗外的云，随着飞机降得更低，他看到了下面风景如画的泰国乡村：雨林、农田、河流。再往前，从这边的机翼看过去，是曼谷散乱扩张的建筑物。

他最后一次看见东南亚是在一架美军运输机上，从窗口向身后看了一眼，那架飞机将他带回美国，前往白宫，前去接受荣誉勋章，那是他在多次极限任务中冒着生命危险救出战友的嘉奖。他的嘉奖令还描述了他从越共战俘营逃脱的经历，以及他为了找到非军事区以南的美军部队而经历的 6 周磨难。但是没有人，没有任何东西，能够真正描述他经历了什么。他差点儿被美军哨兵开枪打死，因为他们不敢相信那个三分像人七分像鬼的家伙会是个美国人，然后他被直升机运到西贡接受治疗，后来从那里……

36 小时后——一路上讨论着飞行时差、文化冲击，等等——他降落在亲爱的美国国土上的爱德华兹空军基地。

但是然后，当他意识到每个人都希望他能重新开始自己的生活，仿佛越南只是一次毫无意义的间断时，真正的地狱开始了……

这场地狱将他指引到那座小镇。

还有提索。

飞机轮子落地引起的颠簸将兰博的思绪拉回到现在，他从前排座位下面抓起旅行袋——他唯一的行李。他在想自己为什么不干脆留在这里，隐没在人群中。在经历了发生在自己身上的一切之后，他不欠任何人任何东西，他对东方的熟悉程度和美国不相上下，他可以消失，不会再有牢狱，不会再有烦扰。

当然，为什么不呢？

但是他立刻想起了那些战俘，他们漫长的炼狱生活让他自己6个月的监禁看上去像是度了个周末。然后他想起了陶德曼，他以前途为赌注，将自己训练的“孩子”从牢房里弄了出来，在那里的每个夜晚，四周的墙壁仿佛都在令人难以忍受地收缩。

兰博深深呼出一口气，下定了决心，他心想：好吧，我答应过，我会守信用的。

就再来一次。

但是当他从笑容僵硬的空姐——“祝您愉快。感谢与我们一起飞行”——身边走过，离开飞机时，莫名的心惊胆战却让他感到胃里一阵灼烧。

3

曼谷的廊曼机场让兰博想起充满蚂蚁的蚁穴，而这些蚂蚁还吃过陈腐的食用油，散发出难闻的气味。他低调地走在离开机场的乘客中间，穿过航站楼迷宫似的走廊，来到海关检查区。他的护照，正如默多克所说，清白得像一张纸巾。

"旅行的目的？"

"娱乐。"

海关官员看上去不太赞赏，仿佛娱乐意味着鸦片和妓女。但他还是在护照上盖了章。"祝你愉快。"

兰博收起护照，离开航站楼。走到外面，他感受到了自己曾经熟悉的东南亚的闷热。湿气黏附在他的额头，浸湿了他的衬衫。他手里拎着旅行袋，从一群群亚洲人和游客中间穿过，注意观察着混乱的交通。

一辆破烂不堪的雪铁龙出租车停在路边。他钻进车里，让脸上布满皱纹的司机把自己拉到因陀罗酒店。但是当出租车在一个路口转弯时，兰博突然回头观察后面的车辆。他全身的肌肉一下子紧张起来，马上用泰语让司机停车。司机照办了，他回头看着坐在后面的兰博，高高挑起的眉毛写满了疑惑。

兰博往他手里塞了 10 美元，抓起旅行袋："继续往前开，现在。"当司机咕哝着将车驶离路边时，兰博从车里扑了出来，这让他隐约想起跳伞的情景。他被包围在商业区的嘈杂声中，一下子就消失在人群里了。

4

“你说什么？我简直不敢相信！你们把他跟丢了？上帝啊！”默多克抓着带扰频器保护的双向无线电的麦克风吼道，脖子上青筋暴起，“你们三个人？而你们还跟不住——？”

伴随着静电干扰的噼啪声，一个带着歉意的声音响了起来：“嘿，我敢肯定他在飞机上没有注意到我们。”

“我看悬。”

“我是认真的，我们看上去和所有其他游客一样：花衬衫、马德拉斯[7]休闲裤、草帽。全部细节都做足了。”

“上帝啊。”默多克又重复了一声。

“我们都没有坐在一起，我们跟着他下了飞机，我们有两个当地人在海关监视他，监视车跟在他的出租车后面。”

“然后呢——？”

“出租车突然停下……”

“别说了，够了，我不想再听了。最后就是你们这批人搞砸了，为什么会搞砸，怎么搞砸的，都无关紧要。”

“但是你听我说，他的举动一直都很正常，直到——”

默多克猛地抬起手拨动开关，关掉了无线电。他满面怒容地抬起脸，仿佛是在看着上帝：“这个蠢货一定喜欢他的下一次任务，我要

[7] 印度东南部城市，1996年改名金奈。

把他派到冰岛的雷克雅未克。”

他似乎想起自己并不是独自一人，猛地转向陶德曼。“还有你……如果我说错了就更正我。你向我保证他会出现的。你说：‘我来负责。’负责？既然你说到责任，眼下你光鲜的上校军衔就要完蛋了，你……”

“他会做他承诺的事。”陶德曼强忍住对默多克说脏话的冲动。

默多克眨眨眼：“他承诺了什么？他开枪射击，毁掉了一整座小镇，你还指望我相信他只是个说话算话的童子军吗？”

“说到点子上了，那座小镇。”

“上校，我们现在面临着交流问题，我一点儿也不明白你在说什么。”

“那座小镇，你不明白吗？那个警长明白了。兰博开始干的事，一定会干到最后。”

“干到最后？他倒是把那座小镇干翻了。听上去你好像很为他的所作所为感到骄傲。”

“不是骄傲，”陶德曼摇摇头，“敬畏吧，也许是。不用担心。我不清楚兰博为什么在曼谷消失了，但我敢肯定，他一定有充足的理由，我十分肯定。他从不在许下承诺之后空手而归，他也从不撕毁协议，如果他说他会来这里，他就会来到这里。”

“长官？”这声音来自一个技术员，他在他们身后盯着一个控制台。

“不要打断我。”默多克说。

“但是，长官……”

“好吧，该死的！什么事？”

“雷达上出现了一个光点。”

“什么？”

“而且，长官，它正在靠近这里。”

5

沐浴在阳光下的金色大佛在他前方若隐若现，神秘莫测的脸庞很难说是在祝福还是在诅咒。悬停在距离地面 30 英尺的空中，兰博透过机舱玻璃又仔细看了一下佛像，然后拉起操纵杆，直升机在一阵突然的轰鸣声中从它旁边飞过。

在距离机场一个街区的地方离开那辆出租车并消失在人群中后，他随机穿过了好几条街。之后又上了一辆出租车，很快又跳了下去，穿过熙熙攘攘的小巷，接着又上了另一辆出租车，就这样一步一步地前往位于曼谷郊外的一座农场，那里就是会合地点。默多克说过，农场的主人——一个老头——是他的联络人。当这个老头揭开伪装网，兰博发现面前是一架越战时代的休伊直升机。一看到它，那些往日的交火和尖叫仿佛历历在目。

5 分钟后，曼谷就被远远甩在了后面。

休伊直升机的影子掠过几条水渠，然后是一条河、几座寺庙、农田和牛群。他向后一拉操纵杆，直升机直插云端，再也看不到稻田了。

曾经熟悉的操纵系统让他倍感安心，尽管它们激起的回忆使他不安，而且他想知道默多克是不是有意选择休伊直升机，好让他进入战争状态。如果真是这样，这种策略倒是成功的。

他痛恨这种被操纵的感觉。

但是在这一刻，对那场战争的愤恨甚至记忆都无关紧要了。在空中，他感受到了自由，这种感觉漂浮、流动，充盈着他的胸膛。仿佛是在操纵专属过山车一样，他驾驶直升机向下俯冲穿过云彩，感到胃向上翻腾。他飞到雨林上空，稳住机身，胃马上就平稳了。

他微笑起来，越过一座山头。回想起自己拥有的第一辆车——一辆破旧的蓝色六三年福特——和亚利桑那州鲍伊的那条赛车道，他让这架直升机做了一个福特汽车永远不可能做到的特技动作，然后向下穿过晨雾。直到看见自己的目的地，他才清醒过来。

下面是个军事基地。一条飞机跑道从草地中穿过，两边是森林覆盖的山坡。更远处，云雾缭绕，山峰连绵，淡灰色的阴影逐渐消失于天际，仿佛一幅东方水墨画。

基地看上去像是已经废弃了，机库和较小的建筑锈迹斑斑，布满藤蔓，一副战后被忽略的荒废模样。但是当他靠得更近，下降得更低之后，他看到飞机跑道状况良好，而且有人聚集在一座机库的门口。两个人从人群中走出，一个穿着军装，另一个穿着衬衫，挽着袖子，领带松松垮垮地挂在脖子上。穿便服的人走得更快，不耐烦地朝这边走来，将同伴抛在身后。

停机坪离那个机库很近。兰博自豪地用他还没有忘记的流畅操作让休伊直升机轻轻落了下来。灰尘飞扬，又随着他关闭发动机而落下，螺旋桨呜呜作响地停止了转动。他摘下耳机，从驾驶员座位上爬下来。在刚才直升机的轰鸣之后，基地寂静得可怕。

“你以为——”默多克朝他跑了过来，衬衫的腋窝处浸满汗水，陶德曼紧随其后，“你在干什——？”

“按要求报到，长官。”

“按要求？”默多克提高了嗓门，“按要求？别假装你没有……你在曼谷耍的花招是怎么回事？”

兰博露出迷惑不解的神情：“花招？”

“甩掉——”默多克突然打住了。

“怎么了，默多克？”赶上前来的陶德曼问道，“你不想承认你派人跟踪他吗？”

“跟踪？”兰博表现出了明显的惊讶，“但是我不明白。你为什么要找人跟踪我呢，我在指定地点报到了，那个农场。”

默多克气得直哼哼。

“当然，约翰，你在指定地点报到了。但是假设……”陶德曼说。

默多克的目光从兰博瞥向陶德曼，迷惑不解。

“只是讨论一下，”陶德曼说，“假设你知道自己被跟踪了，假设你先甩掉跟踪你的人，再去指定地点报到……为什么？”

“我们只是在假设？”兰博问道。

“没错，假设。”

“嗯，我猜如果我发现自己被跟踪了，那说明任何人都可能发现他们。你也说了，泰国人最近正在密切注意美国人。如果我甩掉了自己人，那同时我也甩掉了敌人。而且，你们毕竟不想让任何人知道我要去哪里。”

默多克眯起眼：“可爱，非常可爱。”

“不过上校已经说了，我们只是在假设，我是不想让你们的人紧张的。”

“但既然我们在假设，”陶德曼说，“那你想一想，你会不会有想要甩掉跟踪者的任何其他理由？”

“长官？”

“例如，为了证明你不必被跟踪？证明你没有被强迫？证明你是自己要来的？”

“我不知道，长官。”

默多克又重复了一句：“噢，真是太可爱了。”

他们目不转睛地盯着彼此。

“嗯……”陶德曼清了清喉咙，“除非你们想继续吵下去，默多克，我建议我们回到机库里去。毕竟，这个基地应该看上去像是废弃的才对。”

默多克点点头，显然很高兴改变了话题，重申了自己的权威：“既然我们的奥迪·墨菲[8]终于抵达，我们最好把这架见鬼的直升机藏起来。”他快步走在他们前面，朝着机库宽阔幽暗的洞口走去。

“约翰……”陶德曼无奈地摇摇头。

“长官，”兰博笑了，“是魔鬼让我这么干的。”

他一边跟着默多克，一边环顾四周。右边，一张伪装篷布下面隐藏着一架硕大的阿古斯塔109型直升机。它全身漆黑，一副凶相地蹲在那里，没有标志，看不到里面有什么，两个机械师正在检查它的后螺旋桨。除此之外，这个基地看上去毫无生气。

兰博皱了皱眉，走进阴暗的机库，还没等他的眼睛适应里面的光线，他就停住了脚步，被眼前的景象惊呆了。

这栋巨大的金属建筑实际上在嗡嗡作响，墙壁在微微震动，一大堆电子设备出现在兰博面前。

在黑暗中，堆叠在一起的视频监视器散发着鬼魅般的光。绿色字

---

[8] AudieMurphy，二战中获得勋章最多的美国军人。

母在计算机屏幕上闪烁着，感觉颇为怪异。发出亮光的雷达波段在它们的坐标方格上扫动着。用于追踪、通信和远程调度的工作站在模块装备架上堆放得密密麻麻，几乎在这个机库里堆成了一个房间。隐隐约约地，他听见……

“谁……那个人是谁？”一个技术员问道。

“要进入目标区域的人。”另一个技术员答。

“进入？上帝啊，看他的眼神，感觉他像是刚出来一样。”

兰博的目光越过一排发着光的设备，在这些技术员的后面，他看见默多克正在急促地和一个人说话，后者冲自己点点头，走了过来。

他是个高高的、五官轮廓分明的美国人，穿着牛仔裤和一件袖子齐肩扯掉的空军衬衣，两边的肱二头肌上各有一个玫瑰文身，头戴一顶道奇队的棒球帽。

他用手碰了一下帽檐，咧嘴笑了：“嗨，我叫埃里克森，欢迎来到地狱。”

兰博仔细地端详着他，仿佛遇到了一个奇怪的新物种。

但是埃里克森好像没有察觉，他只是继续咧嘴笑着：“你就是被选中的那个喽？真是幸运哪。我告诉你吧，这是目前我接手过的最糟糕的任务了。不知哪一天，也许将来他们会把我送到法国南部去吧？”

“嗯，是啊。法国南部。”

“你叫兰博，对吧？哎呀，我可是听说了关于你的不少事情。你的手段够硬的，我喜欢。快告诉我，你这是从哪儿过来的。”

“什么？从哪儿来？”

“没关系，我等会儿再跟你聊，现在我得把那架休伊直升机藏起来，”埃里克森从兰博身边匆匆跑过，奔向外面的直升机，“顺便提一句，我是你的飞行员。”

“什么？”

埃里克森从机库外像橄榄球运动员那样倒着跑回来：“你的飞行员！嘿，换个角度想想！这个地方也许说不上是天堂，但是至少你离开监狱了！”

“我离开了吗？”兰博皱起眉头看着埃里克森爬进直升机，他转向陶德曼，眉头皱得更紧了。

“……飞行员？”

默多克走了过来，用手拽了一下粘在胸口上汗津津的衬衫：“我们刚来的时候有点儿混乱，花了点儿时间才把这些东西安装好。”

默多克咧嘴一笑，仿佛他刚刚的话是故意的铺垫。“只有 22 个小时，我们创下了纪录，”他骄傲地朝身后的一个小隔间做了个手势，“最棒的东西在那儿。”

6

这个正方形的房间宽 10 英尺，是用胶合板粗糙地围起来的。房间里有一张金属桌，桌上一盏台灯发出的光掠过计算机屏幕和键盘，照射在一叠叠公文上。房间里还有三把金属椅、一排铁皮公文柜、一盏耀眼的顶灯、一张挂在墙上的被湿气弄得皱巴巴的地图、两台嗡嗡作响的电扇，还有一台可口可乐机。

他们进屋的脚步声激起回音。房间里有一股发霉的气味。默多克用手指了指墙上的地图，正准备开始解释，突然又想到了什么，便转过身来。

“兰博，在我开始传达指示之前，我认为有些事我们最好先说清楚。这么说吧，你和我从一开始就不顺利，我承认这一点。在监狱，在布拉格堡。”他朝门口点点头，“刚刚在门外，你不喜欢你所说的‘间谍’，没关系，你肯定有自己的理由，但是不要这么快地下判断，因为你对我的了解肯定不如我对你的了解多。不管怎样，六六年我率领第三海军陆战队第二营参加了昆天保卫战，我可不是那种胆小如鼠的军官，自己缩在后面，让部下在前头冲锋陷阵。我见过战斗，见得多了，我得过几枚紫心勋章。一到夜里，我还能听见那些在我麾下战斗并为此送命的人发出的尖叫声。所以相信我吧，我知道你和其他每个退伍老兵的感受。在那时候，也许政府看上去并不在乎你们，也许有些公共部门真的不在乎，但现在情况不一样了，国家不一样了。人们在乎，国会在乎，把我派到这里来的委员会在乎。事后再看，那是一场糟糕的战争，但那些人，那些士兵，都不是坏人，这一点很重要。所以——”默多克激动起来，语速加快了，“我建议我们抛开分歧，全力以赴地把战俘从那里弄出来，让他们回到家，回到他们属于的地方。”

他的声音颤抖着。

兰博被打动了，他点点头。

“很好，我猜现在我们都感觉好多了。”默多克说，“我很高兴芥蒂消除了。不过还有另一件事是我要说的，我想强调的是，有了你的独特素质，你的特殊技能，我感觉这次任务有高于平均水平……不，不对……应该是有非常大的成功机会，这是别人做不到的，我很高兴有你加入。”

默多克咧嘴笑着伸出手来：“上一次我伸出手的时候，你还……嗯……有点儿不方便。”

兰博也只得咧嘴一笑，他仔细看了看伸向自己的手，然后握了上去。

“现在让我们来谈谈正事。”默多克再次转身面向地图，这张地图详细地绘制了东南亚的这个区域，他用一根手指戳向每个地区，从左到右略微向上移动，“泰国、湄公河、老挝、越南，你将向东北方向飞行，直穿老挝的狭长地带，然后穿越安南山脉，直达空投区域，在越共的空域飞行 18 分钟。”默多克扬起眉毛问道，“这会给你带来问题吗？”

“18 分钟？没问题。不过进入越南之后，我猜飞机会飞得很低，避免被他们的雷达发现。”

“低这个词还不够，你离地面近得能修剪草坪。”

“在长着大黄的地里。是的，我料到了。”

“不过即便在空投区域，”默多克说，“有一点我要先说清楚，在插入点，当你离开飞机时，我们最多只能让飞机下降到 250 英尺，这个高度你有把握吗？”

兰博耸耸肩答道：“看情况。”

“看什么情况？”

“看我有没有降落伞可以用。”

默多克的表情变得茫然起来。他困惑地朝陶德曼看了一眼，而后者忍不住笑了起来。

“你有没有——？”默多克问道，“嗨，我竟然当真了。”

一个技术员出现在开着的门口。

“怎么了？”默多克问道，“你没看见我正在——？”

“当然，但是我们遇到了一个问题。”

“我们都会遇到问题，你只需要把问题解决了。”

“你不帮忙就解决不了，你得——”

“不能等等吗？”

“不能，除非你不想按时行动了。计算机显示出的结果根本看不懂。你在程序里设置了太多反入侵锁，我需要你复查存取密码。”

“没关系，跟他去吧，”陶德曼说，“我来传达剩下的指示。”

默多克感激地点点头，离开了这间办公室。

有那么一会儿，房间里唯一的声音就是两台电扇的嗡嗡声。“你感觉怎么样？”陶德曼问。

兰博伸出手，手掌平伸，他的手很稳。

“不用回答，我也许已经知道了。”

“那么其他的事呢？”

“负责插入和撤退的飞行小组的代号是‘蜻蜓’，基地——也就是这里——的代号是‘狼穴’，你的代号是‘独狼’。既然你要一个人行动，你就需要比以往任何时候依靠更多装备。我说的是依靠，忘掉拼命蛮干的那一套，改变一下也没关系，让技术充分发挥作用。如果你需要帮助，只管求助于技术。”

“就像‘动动手指，百事无忧’那样。”

“没错，”陶德曼笑了，“来，我要给你看一样东西。”

7

他们离开这间办公室，从技术员和闪闪发光的设备旁边经过，朝着昏暗的机库的后部走去。

“你觉得怎么样？”陶德曼将手一挥，“这是你乘坐的飞机。”

兰博发现自己面前是一架光滑到让他感觉不舒服的全黑色喷气式飞机。这是一架改装过的湾流公司游隼型飞机，单引擎操作模式。它的所有标志和编号都抹掉了，看上去就像一支长着机翼的火箭。

“令人难忘吧？”默多克从身后走过来。

兰博转过身，看着他走近。

“这架游隼还不是全部，”默多克说，“除了进来时你看到的那些监控设备，你还会得到现在最先进的各种超现代装备——这都是为了确保你的安全。兰博，我知道很多装备对你来说都是新东西，战争已经往前发展了一大步，但这是好消息，你会感到绝对安全，因为如今我们拥有的武器非常先进，会让你在越南用过的那些看上去就像长矛和弹弓。”

“当然，”兰博说，“武器就是这样，它们总是变得更先进，但是如果——？你知道，装备有时会丢失或者出现故障，那怎么办呢？在布拉格堡，有人教我——”兰博指着陶德曼，“就是他教我，最好的武器永远是头脑。”

“时代变了。”默多克说。

“对有些人是这样。”

“说得没错，不过别让我打断你们，上校。”默多克抱起双臂。

“插入之后，”陶德曼说，“你就和基地取得联系，用这个。”

他朝放在板条箱上的一个深绿褐色盒子走去，这个盒子很像兰博在越战中使用过的那种小巧的野外无线电台，区别在于它的顶部安装了一面陌生的操纵台。

“这叫异频雷达卫星中继器，”陶德曼说，“简称 TRANSAT，要想让它发挥作用，你得用这个。”

他打开一个小型可折叠抛物面天线，将它固定在一个三脚架上，然后将连接在三脚架上的一根线插入盒子。

“你的发报会以所谓脉冲串的形式发出，全部内容在不到 1 秒钟的时间内传输完毕。信号先编码成红外脉冲，由我们的侦察卫星接收，再反射到设在冲绳的地面站，然后中继到这里。我们将它的速度放慢，解码出内容。”

“有道理，”兰博说，“查不到信号源，敌人没法测定方位。”

“一旦你发送信息让我们知道你安全着陆，你就穿过森林，抵达代号为探戈十一月的地点，”他拿起一张实测地图说道，“它在地图上标注得很清楚。你在那里和地面联络人碰头，越南本地特工，蔻奉宝 (Co Phuong Bao)。”

兰博看向那架游隼，总感觉有什么东西在困扰自己，让他心烦，但他又无法说清是什么，只是觉得默多克刚刚的话不是很能自圆其说。

“他在听吗？”默多克向陶德曼问道。

“越南本地特工，”兰博说，“蔻奉宝，继续说吧。”

“向导会带着你沿着河逆流而上 12 公里，抵达位于班加纳的目的地点。”

“那个战俘营。”回想起过去，兰博感到胃里一阵抽搐。

“你要在那里拍照片，”默多克又一次打断了兰博的思绪，“我重复一遍，照片。你在这次行动中负责的部分不涉及救援，只是侦察。如果发现那里有战俘，我们会派人把他们弄出来，那不是你的事。拍完照片，你就顺流而下，抵达撤离点艾科三角洲，地图上有标注。埃里克森会开着直升机把你接回来，就是你刚才在机库旁看到的那架用伪装网盖着的阿古斯塔直升机。”

“从此以后，我们都会过着幸福快乐的生活。”兰博说。

“是的，没错，幸福快乐。但是你明白了吗？一切都清楚了吗？”

“为什么会不清楚？”

“那么，至于你的武器……”默多克用自豪的语气说。他将手伸进一个板条箱，拿出一支尺寸很大、激光枪似的突击步枪，枪管上下附带巨大的圆柱状结构。再加上外形奇特的望远瞄准镜，让它看上去就像——

“来自《星球大战》的玩意儿，”兰博说，“我带不了这东西，它大得像一辆克莱斯勒轿车。”

“因为它取代了半打其他武器。这是一把经过改装的 M-16 A2 步枪兼 M-79 叠排式双管榴弹发射器，它装有 Sionics 消音器、Tracor 夜视镜和 LAC/R-100 激光瞄准系统，还可以搭载你的高分辨率照相机。”

“但是包含电池吗？你瞧，默多克，这东西看上去的确了不起，我敢肯定它在实验室里性能一流，但是我真正需要的东西是一把 AK-47。”

“见鬼，在越南，每个 12 岁的孩子都有一把那玩意儿。”

“说到点子上了。这样一来，在交火时，他们就听不出我的武器和他们的武器的声音有什么区别。于是他们就不知道在向谁开火，是我还是自己人，他们甚至会互相射击，而且我也不难补充弹药。”

默多克看了一眼这把巨大而扭曲的突击步枪，看上去像个因为兰博不喜欢他的玩具而失望的孩子。“嗯，好吧，如果你坚持的话……即使如此，我也有正适合你的东西。我是说，绝对合你胃口，你会高兴得叫起来。你还记得我跟你说过，像这样的武器会让你在越南用过的那些就像是长矛和弹弓吗？既然你不喜欢那把枪，那你最好拿上这个。”

默多克从板条箱里拽出一根长 2 英尺、宽 6 英寸的铝管，将它扔给兰博。

兰博稳稳地接住，拿在手里掂了掂，这根管子没多重。他皱了皱眉问道：“这里面是什么。”

“一副见鬼的弓箭。”

“嗯，这才对嘛。”

8

当兰博从昏暗的机库中走出来，他那肌肉发达的身体被阳光照出了一个剪影。他打开铝管的末端，准备试一试这副弓箭。默多克看着这一幕，怀疑地摇了摇头。

“上校，你确定他已经从那场战争造成的精神错乱中走出来了？他居然拿降落伞开玩笑，而且他真的——我不敢相信这一点，我是说我真的有所疑虑——他对弓箭比对最先进的榴弹发射器还感兴趣。用一个可能在敌方领土的压力之下崩溃的人，我们可承担不起啊。”

“压力？”陶德曼露出吃惊的表情说，“我还以为你说你研究过他的档案，一定对他很了解呢。他是我见过的最好的战士，即便是在布拉格堡接受训练时，也能一眼看出他天生就是这块料，一个天才。他有一种战斗的本能，而现在他只有一个愿望——将同袍带回家，赢得一场别人曾经逼他输掉的战争。”

“上校，得了吧，你让我感到失望。我希望你不要提起那些陈词滥调，那种认为政府拖住了军队的手脚，让军队不能获胜的论调。”

“谎言被用来开始这场战争，谎言被用来掩盖错误。五角大楼不愿意充分信任特种作战单位，这导致我们对游击队使用传统战术，这是注定失败的战略。因为这一点，死了很多好士兵。因为这一点，还有很多好士兵被关押到现在。而兰博——这么说吧，如果胜利现在意味着他必须死去，他会欣然赴死的。没有恐惧，没有后悔。正是这一点而不是任何其他方面成就了他的特殊之处。在压力之下崩溃？不可能，默多克，因为在你口中称为敌方领土的地方……”

“啊？怎么样？”

“他称之为家。”

佛寺

1

在外面，声调越来越高的响声变成了稳稳的轰鸣声。这个狭窄房间的胶合板墙壁——它们让兰博想起了监狱的囚室——开始颤抖起来。游隼正在外面做起飞前的准备。

在兰博面前，他的装备摊在一张金属桌上，被一盏台灯照亮。脱光衣服之后，他的阴囊紧缩在腹部下面。

他穿上虎纹伪装服，系紧伞兵靴，又在脸上和手上抹了两道绿色伪装油彩。

他从刀鞘中拔出自己的求生刀，又一次用铅笔大小的金刚石磨刀器磨了起来。磨刀石固定在刀鞘上的一个环套里。在他看来，这把刀是件美丽的武器，就像那把 M-16 步枪兼榴弹发射器之于默多克一样。刀刃长 10 英寸，使用 440C 不锈钢打造，绝对折不断。它的边缘像剃刀一样锋利。它有猎刀的外形，宽 2 英寸，厚四分之一英寸。刀背上排列着又深又宽的锯齿，能够割穿机身或者这个机库的波纹铁皮墙。刀柄是不锈钢的，用钓鱼线缠绕着。刀柄长 5 英寸，这让刀的总长度达到 15 英寸。刀柄上的护手在刀背和刀刃一侧各延伸 1 英寸。一侧有一个十字螺丝刀，另一侧有一个平头螺丝刀。每个螺丝刀的后面都有一个从金属中穿过的洞，让他可以用刀鞘上的皮条将这把刀牢固地绑在杆子上，令其变身为一把长矛。刀柄是中空的，末端的帽盖可以拧下来，帽盖的内侧是一个充满液体的指南针。刀柄里的空腔藏着一把锋利的微型折叠刀、装在防水容器中的火柴、鱼钩和一根针，他可以用针和钓鱼线缝合伤口。实际上，他已经给自己缝合过许多次伤口了。

每次磨完刀之后，他通常都会点燃一支火柴，用火苗沿着闪闪发光的刀刃来回地烧，让烟中的碳将金属熏黑，以免刀刃的反光在夜晚的战斗中暴露位置。但是这一次他不需要这样做，因为刀刃经过黑色哑光电镀处理,已经是黑色的了。他给AK-47步枪装满子弹,仔细端详,检查了它的准星。他将.45口径的中空弹装入弹夹，再将弹夹塞进一把柯尔特手枪的把手中，向后滑动套筒，将一枚子弹上膛。他将手枪插进腰间的枪套里，再装满两个弹夹，用胶带分别粘在两条胳膊上。

“倒数10分钟计时。”一个扩音器在机库中传出金属质感的声音。兰博扭脸转向那个声音，思考了一下，然后走到这个小隔间的一个角落，盘腿而坐，摆出佛陀打坐的姿势。他盯着眼前的一块天花板，目光集中在一张蜘蛛网上，想象着自己是这张网上的一只蜘蛛。他又将注意力集中在这张网的一根蛛丝上，想象着自己是这根蛛丝上的一个微生物。他清空思维，冥想着无穷无尽这个概念。他将精神回收到自身体内，变成了一个黑洞。

一个声音将他带回现实。

他眨眨眼，灵魂在膨胀。笃，笃。指节叩门的声音。

门吱呀一声打开了，兰博皱了皱眉。外面闪烁着红光和绿光，门口出现了一道剪影。

他努力抵挡干扰，他在刚才所在之处——对面天花板上的这张蜘蛛网上一根蛛丝上某个微生物的体内——享受着美妙的宁静。

但他随后意识到是谁站在门口，陶德曼，于是他点点头。

实际上，出于感情，他几乎微笑了。

“时间快到了，约翰。”

“当然。”

兰博站了起来。他背上已经收拾好的降落伞，将 AK-47 扛在肩上，朝桌子上的两个皮革筒走去，两个筒都由易于开合的皮革盖密封着，一个装着他的弓，另一个装着箭。他将它们分别扣在左右两侧的大腿上，这让他看上去像是个无法无天的双枪手。

“让我帮你收拾剩下的东西。”陶德曼说着，然后把那个名为 TRANSAT 的深绿褐色盒子挎在兰博胸前，“默多克给你装备了这么多东西，简直就像是让你去拉斯维加斯度周末一样，最好别忘了带照相机。”

“看我这场夏日休假是怎么过的。”

“要是拍到什么美女的照片，一定要先让我瞧瞧。”

“一言为定。”

他们慢慢收起笑容，从房间里走出来。当他走出机库，向游隼走去时，红光和蓝光闪烁得更鲜艳、更强烈了。

默多克、技术员和军人站在右边。

陶德曼停下脚步，转过身面对着他。“约翰……”无论他要说什么，他似乎改变了心情，变得冷静下来，更加职业了，“从进去到出来，只有 36 个小时，所以不要半路停下来嗅玫瑰花，知道吗？”

兰博点点头。

“如果出现问题，我是说任何问题，一定要马上通知我们，立即赶到另一个撤离点，老鹰九月。明白吗？”

他再次点点头。

游隼的灯持续不停地闪烁。在他们身后，埃里克森大吼的声音从飞机上传来，几乎被引擎声淹没："上校，我们准备出发了！"

陶德曼向飞机招招手，然后转回身："祝你好运。"

"记得默多克说过他六六年率领第三海军陆战队第二营参加了昆天保卫战吗？"兰博的声音低沉而有力。

"怎么了？"

"第二营当时是在库山。"

"嗯，"陶德曼说，"他肯定是记错了。"

"有些东西你不会——不可能——绝不会忘记。"

"你的意思是你自己不会忘。"

"你也不会忘。"

陶德曼拍了拍他的肩膀。这就够了，他们的生活方式只允许他们这么表达感情。

兰博点点头。

他朝游隼大步走去。

2

陶德曼看着兰博爬进飞机，感到喉咙发紧。

机舱门关上了，引擎立刻发出声音更大的轰鸣，喷出火舌，朝着起飞位置滑行。突然，飞机猛地往前一冲，震耳欲聋地加速朝跑道末端前进，机头抬了起来，它越过跑道末端，然后越过林木线上空——那也许不是林木线，而是黑暗中看上去像林木线的东西。

转瞬之间，飞机就消失不见了。

夜晚安静得有些奇怪。

陶德曼觉得心里空荡荡的，转身朝向机库。默多克站在他身后。

“你认为他能找到什么人吗？”陶德曼问。在飞机的轰鸣之后，他的声音听上去有些不自然。

“战俘吗？不大可能。”默多克耸耸肩，“但是有些人需要满意，而有些问题需要回答。”

“听上去你对这件事不是很热心啊。”

“这不是我的战争，上校。我只是来这里收拾残局的。”

3

游隼的强大引擎透过机身发出嗡嗡的声音。除了跳伞舱门上方的一个红灯之外，机舱里一片黑暗。兰博再次摆出打坐的姿势，盯着发光的机头部分。

在驾驶舱，操纵着飞机的埃里克森的身旁坐着另一个飞行员，他的名字是道尔，有一双目光过于热切的眼睛。根据兰博判断，这是摄入神经兴奋剂甲基苯丙胺（冰毒）的结果。道尔正在观察平视显示器，它将仪表读数显示在驾驶舱挡风玻璃上，让飞行员不用看仪表盘也能核对读数。

游隼那轰鸣的引擎继续透过机身发出嗡嗡的声音。

兰博不去理会这个声音，再次让思绪回到那张蜘蛛网上。

4

在机库里的一个控制台旁边，陶德曼弓着腰，紧张地盯着雷达屏幕，忘记了身边默多克的存在。

“机载空中警报控制系统 2-5 已连接，”头戴耳机的技术员报告着，“他们将准时抵达。”他对着麦克风说：“确认，独狼，完毕。”

陶德曼的目光越来越锐利。

他看着代表游隼的光点在屏幕上移动，仿佛看到这架飞机正在飞过计算机在老挝中部生成的网格。

这个光点就像激光一样，灼烧着他的眼睛。

5

兰博感受到驾驶舱里发生的动作，将意识从想象的蜘蛛网中收回。眼前模糊不清的图像突然清晰起来，他发现自己坐在游隼的机舱里。

在前面，埃里克森被设备发出的荧光照出一个剪影。他站了起来，让道尔操纵飞机，自己从座位旁边挤过去，朝这边走过来，身体轮廓与黑暗融为一体。“你肯定不想错过这个，过来看看。”

兰博站起来跟着他，在驾驶员和副驾驶员的座位之间停了下来。在右边，道尔朝前弓着身子，鼻子离座舱玻璃罩只有几英寸。在左边，埃里克森坐进座位，接手操纵台。

透过挡风玻璃，兰博一开始只能看到黑暗，然后他的眼睛才适应过来。在月亮的照射下，下面的雨林发出诡异的光。叶片茂盛的树木长得密密麻麻，似乎在下面以惊人的速度飞奔。“最带劲的部分要来了。”埃里克森说。他关掉了设备的灯光。

驾驶舱突然一片漆黑。

前面就是巨大的安南山脉，参差不齐，高耸挺拔，从地平线一端延伸到另一端，在月光下展示出鲜明的明暗对比。

这座山脉上一刻还在远处，转瞬之间就来到了眼前。埃里克森推动操纵杆，降低了飞机的高度。他沿着山麓小丘波浪起伏的轮廓飞行，飞机在一条曲曲折折的山谷里蜿蜒蛇行，两边几乎紧挨着山，他让游隼从两山之间挤过去。

坐在旁边的道尔咯咯地笑着，他打开一支钢笔大小的手电筒，用它细细的光柱照着设备，让埃里克森能够看清它们。但埃里克森根本不用看设备读数，他和游隼是一体的。外面的气流声听上去令人心生敬畏。

埃里克森发出了叛逆的吼声："哇——呀！太赞了！"不顾自己系着安全带，他在座位上激动地扭动着身体。

道尔又咯咯地笑起来："真给力！再给我刺激点儿！"

兰博感觉胃被推向后背。

这座山脉消失的速度和出现得一样快，现在他们眼前是又一片茂密、怪异的雨林。尽管似乎不可能做到，但埃里克森将游隼下降得离树梢更近了。

"回到这个梦魇般的地方了，伙计们。"埃里克森说。

这片雨林看上去和泰国以及老挝的雨林没什么区别，但是——兰博的肌肉紧张起来——这里是越南。已经入境，这让一切都不同了。

"时间到了。"道尔说。

埃里克森点点头。"这里交给你了。"他解开安全带，站起身来，"做好准备，"他对兰博说，"插入 1 分钟倒计时。"

兰博心跳加速了。他立刻集中精神，让心跳变慢。好了，每分钟 42 下。他转过身，回到乘客舱。

埃里克森打开舱门，飞机产生的抖振发出震耳欲聋的声音。

兰博眯起眼。在最后一次检查装备之后，他将固定拉绳挂在头上方的一根杆子上。

外面，一大片雨林一扫而过，速度快得叶片在月光下依稀可辨。头顶上方的灯从红色变成黄色，兰博吸了一口气。

“5,”埃里克森说,“4,3,2,1。夜晚愉快。”

黄灯变成了绿灯。

“跳。”埃里克森说。

兰博有力地向前迈出一步,纵身跃出打开的舱门。

6

“上帝啊！”陶德曼听到无线电里传来这样一声。这声音是埃里克森的，听上去很慌张。

默多克绷直了身体问道：“搞什么？发生什么事了？”

扬声器里传来有节奏的警报声。“噢，见鬼！”无线电里传来埃里克森脱口而出的声音。

“发生什么事了？”默多克再次问道，他一把抓住麦克风，“蜻蜓！回话，蜻蜓！”

“他的固定拉绳！上帝啊，糟糕，他被挂住了！”埃里克森的声音从无线电中吼出。

“他被什么？”

“红色警报！他的固定拉绳没有和降落伞分开！他被拖住了！”

陶德曼的指甲抠进了自己的手掌。

“松开绳子！”默多克喊道。

“不行！松不开……”

“看在上帝的分儿上，割断它！”

“没法割！我没有刀！噢，不好，他在外面要被撕裂了！”

陶德曼感觉双手黏糊糊的。往下一看，他发现自己的指甲把手掌抠出了血。

“紧急情况！”

“红色警报！红色……！”

7

正当兰博跃出舱门，感到突然的失重而且胃开始膨胀的时候，不料却被猛地一拽，疼得他龇牙咧嘴。他的肩膀被拉得如此之猛，让他不禁担心它们被拉脱臼。疼痛难以忍受，他在一侧的机身上翻滚颠簸，气喘吁吁，然后往下坠，身上的装备剧烈地晃荡着。他被这样拽着、滚动、扭转，和游隼的机腹只有一臂之遥，距离树梢是那么近，似乎随时都会被它们扯出内脏。这时他才惊恐地意识到发生了什么。他的固定拉绳没有脱离，它没有顺利松开以打开降落伞。

风的速度令人痛苦，它吹掉了他的头盔，将空气强行灌进他的喉咙。他无力和它对抗，无法呼吸。

巨大的阻力让他的双臂紧紧贴在身体两侧，所有装备的重量几乎要将他压垮。

拉开降落伞的拉绳，他慌乱地想道。但他马上意识到如果把降落伞拉开，而固定拉绳还连接在降落伞上的话，他会被拉得更紧，因为还加上了降落伞的拉力。

飞机咆哮的引擎混合着气流的喧嚣，几乎要震破他的耳膜。他的AK-47从肩上脱落，沿着他无能为力的胳膊滑了下去，掉进下面看不见的雨林。TRANSAT无线电台的捆扎带也开始松动，最后它也被扯掉了，在他身体下面旋转着坠落，消失在阴影重重的树木中。

呼吸，一定要呼吸。

8

驾驶舱里的巨大轰鸣和响个不停的刺耳警报声让道尔紧张不已。他透过座舱玻璃往前看，张大了嘴，出现在正前方的群山让他倒吸一口凉气。

他向埃里克森大喊："我得向上升了！我们必须撤离！"

"先等等！"

"但那些该死的山……！"

"他正在想办法！看在上帝的分儿上，先等等！"

9

兰博的肌肉奋力抵抗，他竭尽全力拉紧自己的一条胳膊，终于让它动了起来。他被拉扯时所处的黑暗已经够糟糕了，而风力更是让他睁不开眼睛，他只能凭感觉。在竭力挣扎带来的痛苦中，他的手臂在剧烈的痉挛中一寸一寸地向腰带上的那把刀摸过去。

呼吸，只要能够……

他已经举了几个月沉重的大锤，用尽全身力气将它砸下去，砸碎那些美丽的石头。这段经历让他的肌肉也发育出了石头似的轮廓。他使出全部力气伸出手指，像钳子一样握住刀柄，拉开带子，慢慢将刀抽出来。

他的胸膛疼痛难忍，肺好像在燃烧，迫切渴望空气。

但是抽出刀子只是完成了简单的部分。作为越战的幸存者，作为那座战俘营、那座小镇、那个警长以及另一座监狱的幸存者，此刻，他感觉仿佛面临着真正的绝望。

兰博将手伸到脑后。

然后他感到一阵愤怒。

10

陶德曼屏住了呼吸，他忘记了机库、设备和身旁的默多克，注意力全部集中在无线电的扬声器上，全神贯注地听着从里面传出的焦急的声音。他想象着自己就在游隼的机舱里，站在打开的舱门旁边，呆若木鸡地看着夜空中被拉扯的兰博。

“他把刀掏出来了！”埃里克森突然叫道。

“我们得撤离了！”道尔大喊。

“不！他正在行动！上帝啊，他正在行动！他在割固定拉绳！”

“我不能再等了！这些该死的山！”

“他松开了！”

“什么？”

“出去了！”

“去哪儿了？他把降落伞打开了吗？”

“这么黑，鬼才知道。”

陶德曼用舌头舔舔发干的嘴唇，他紧张地等待着。拜托，拉开伞索，拉呀。

无线电没有声音了。

距离森林 250 英尺，陶德曼慌乱地想道。落地只需要几秒，如果成功了，他会报告的。半分钟，最多半分钟。

但是眼看着时间从 30 秒变成 1 分钟。

拜托，他在心中叫道。

默多克对着一个头戴耳机的技术员皱起眉头。

技术员摇摇头说道：“没有他的声音，长官。除了静电干扰，什么也没有。”

拜托！

“这个频率好像没有信号。”

陶德曼从他手中抓过麦克风说道：“蜻蜓，我是狼穴。是否收到？完毕。”

埃里克森的声音透过静电传来：“收到，狼穴。我是蜻蜓。完毕。”

“有他的信号吗？有没有能够目测方位的火光？”

“没有，长官，”埃里克森说，“而且我们已经远离空投点，我什么也没看见，你想让我们再次经过空投点吗？”

在陶德曼旁边，默多克的头摇得像拨浪鼓一样：“我们不能暴露。如果越共把那架飞机打下来，我们就真的有大麻烦了。”

陶德曼皱起眉头，思考着，职业准则占据了上风：“不，蜻蜓。重复。不，不要再次经过空投点，返回狼穴。”

“收到，狼穴。完毕。”

陶德曼放下了麦克风，尽管机库里的设备还在发出嗡嗡的声音，这个巨大的地方却让人感觉到死一般的寂静。技术员和军人聚集在一起，可怕的沉默。

默多克用一只手捂住嘴巴，思考着，额头上出现了深深的皱纹。“我不知道，”他放下手说道，“也许现在的明智之举是在出现更复杂的情况之前放弃任务，收拾装备，统统撤退。”

“不行。”陶德曼说。

“但是谁可以在那样的情况下活下来？”

“如果有任何人能……”

“他能？上校，我欣赏你的忠诚，我尊敬这一点。但是不管你怎样相信他，他也只不过是个人。我们必须现实一点。”

陶德曼提高了声调：“对于他，应该抱有一线希望。任何事都可能发生，他的无线电台可能摔坏了。我们和他约定好了，耶稣在上，我们应该信守诺言。36 个小时之内执行完任务，抵达撤离点。如果他还活着但是联系不上我们，他仍然会继续完成任务，他也会指望我们完成我们那部分的任务，这是我们应该为他做的。”

默多克瞪着眼睛，他的下巴慢慢放松了。“我们当然应该为他做，”他眯起眼，“但是要明白，36 个小时，那是我们说好的期限，时间到了我们就撤。”

“当然，他要求得不多不少。”

11

随着兰博的降落伞猛然张开，游隼瞬间就不见了，从引擎中喷射出的火焰就像夜空中的萤火虫一样在眨眼之间消失，同样消失的还有引擎的轰鸣和风的喧嚣。他感到降落伞在拽身上的背带，随着速度减缓，他的胃恢复了平衡。他在空中飘着。

这种舒缓的感觉很有欺骗性。风吹出的眼泪模糊了眼睛，让他看不见下面的雨林，但着陆迫在眉睫。现在的诀窍是用尽最大的力气夹紧两条腿，在密林地带跳伞，尤其是在夜晚，面临的最大危险是，你的腿会张开，你落地速度太快，正好跨在一根树枝上……然后你的身体从中间劈成两半，一半像这样倾倒，另一半……血流遍地……

兰博将这幅画面从脑海中赶走，继续夹紧双腿。一根粗壮的树枝从他身边疾速拂过，另一根大树枝擦破了他的肩膀。他的降落伞被钩住了一下，将他猛地一拽——不过至少减缓了他下坠的速度，降落伞又挣脱了，让他猛地下坠了 5 英尺，然后又被钩了一下。兰博强撑着身体准备迎接这次没有充分预料的着陆，靴子碰到地面时的震动让他倒吸一口凉气。

他的膝盖已经做出了弯曲的姿势，吸收了一部分冲击力。他自动弯曲身体，向身体一侧打滚。滚到什么东西上了？他的肩膀撞在一根原木上，身体仍然在滚动。他从蕨类中穿过，从另一根原木上滚过去，最后猛地撞在一棵树上才停下来，疼得很。

这次撞击让兰博头晕目眩，不得不在原地躺了一会儿，好让感觉恢复，肌肉放松。他的身体不由自主地颤抖。

虽然背还疼着，但他感觉已经准备好了。他悄悄地蹲在地上，将降落伞收起来，一边警惕地扫视着四周，一边小心翼翼地在黑暗的雨林中穿行。动物掠过树枝，猴子发出尖叫声，然后夜晚就又安静下来。

兰博叠好降落伞，将它塞在一根原木下面，再用蕨类将它盖住隐藏起来。闷热的湿气包裹着他，让他的伪装服粘在汗津津的胸口、胳膊和腿上，他感觉自己好像在透过一条热气腾腾的毛巾呼吸。

检查装备。

他的步枪、照相机、TRANSAT 无线电台全丢了，无法联系基地，无法……他们如何知道自己活下来了？他们如何知道他们仍然必须在 36 小时之内把他接走？

不，他必须停止这样想。如果只有默多克一人负责这次行动，他知道自己有理由担心。

但是陶德曼……陶德曼也在那儿，而陶德曼是他可以信赖的，接应小队会按照承诺抵达那里的。

而他也会按照承诺完成任务。他一瞬间的疑虑消失了。

好了，他已经知道丢失了什么。但是他还有什么？他的刀、手枪、绑在大腿上的两个皮革筒。尽管状况如此凶险，兰博还是忍不住咧嘴笑起来，他想起当他拒绝那支叠排式双管 M-16 榴弹发射器时默多克脸上惊讶的表情。更喜欢……？

这个，默多克当时这样说道。你想要相当于长矛和弹弓的东西？那它一定合你的胃口。

一副弓箭。

兰博站起身，眼睛此时已经适应了夜晚。月光透过大树低垂的树叶倾泻下来，在打着旋儿的夜雾中，一道道光柱显得十分诡异。

这里是全世界最原始的雨林之一，野蛮的生长与充斥着死亡的阴影互相交织。粗壮的树根紧紧抓住地面，仿佛要把大地勒死，互相缠绕的藤蔓晃晃悠悠地爬进头顶的树冠，水一直在往下滴。

他感到生命无处不在，隐秘鬼祟，仿佛来自史前。它们搅动着浅水池的水，藏在原木下面，原木的树皮里，滴水的果实里，在头顶纠结在一起的树叶上跳跃。

他抽出刀，拧开刀柄上的盖子，将手卷成筒状，罩住指南针发出的微弱荧光。他不敢点燃火柴查看后兜里的防水地图，但是他已经记住了需要前往的地点的坐标，而且当他仔细观察了指南针的荧光指针之后，他判断只要朝指定地点的大致方向走，就不会走错的。

东北方向。

更深入越南。

他点点头，下定决心，像幽灵一般在林下植物中穿行。

12

黎明时分，雨林里迷宫般的障碍物变得清晰起来。兰博挣扎着往一座陡峭的小丘上爬，沿途抓住藤蔓和树根借力，终于登上了山丘顶部的平地。他喘了口气，又看了一下指南针。在这条山脊线上，太阳升得更高了，让他能够看清下面充满迷惑性的极为茂盛的美丽山谷。将眼前所见与地图上标出的地貌进行对比之后，他现在确定了自己的位置，稍微改变了方向，从山脊上走下来，更准确地朝目标地点前进。

兰博穿过幽暗密闭的林下灌木丛，来到一条缓缓流动的小溪旁。他从泥泞的岸边走下来，在膝盖深的温热溪水中涉水而行。一团团蚊子撞在他的脸上，让他的眼皮发痒，嗡嗡地叫着钻进他的鼻孔，令人恼火。但是现在他已经习惯它们了，而且在出发之前，他已经在肛门里塞了防疟疾的栓剂。知道去拍打这些昆虫毫无用处，他就没有动手。

到了对岸，兰博停下脚步卷起裤腿，肥大的、肝脏色的水蛭吸附在他的小腿上。他从衬衫口袋里摸出一小塑料袋盐，先吞下一小撮，没有尝出苦味——这说明他的身体需要盐，然后将少量盐粒轻轻擦在每只水蛭上，这些白色的丑陋虫子里有黑色的血液在流动。擦了盐之后，它们剧烈扭动起来，这让他有一种满足感。

一只掉了下来，其他的蠕动着，很快也掉了下来。他抬起靴子踩碎它们，感受它们在鞋底被压烂的感觉。

他从衬衫的另一个口袋里拿出了一袋冻干水果，往嘴里塞了一些。

这些脆脆的颗粒慢慢变软，释放出一股不太新鲜但并不难吃的味道。杏或者桃——他分辨不出是哪种，不过只要耐心地吸吮，它们能够在他嘴里停留长达 30 分钟的时间。想起自己从那座战俘营逃走后，在前往非军事区的 6 周中曾饱受痢疾之苦，现在他可不愿意信任周围树上挂着的数量丰富的水果。

他继续走着。晨雾中隐隐约约地出现了一些奇怪的形状，它们细长、卷曲的样子让他十分戒备，直到他走到足够近的地方，才发现它们是挂在头顶树枝上无害的藤蔓。

听到身后有动作引起的响声，他迅速转身挥舞了一下刀子。伴随着迅捷而致命的一击，刀刃唰的一声划过空气，他砍中了目标，刀刃像切黄油一样将它轻松地劈开。只见一条被砍去脑袋的蛇挂在半空扭动着，然后松弛下来，令人可憎地掉在地上。

他仔细端详了一下这条毒蛇不再眨眼的脑袋，收起刀，匆匆向前走去。

13

5 个小时后，兰博已是满身大汗，他气喘吁吁地爬上另一座山丘的顶端。在这里，他不像之前那样面对着下面的一条山谷，而是沿着一条水平小路穿过林下灌木丛，灌木丛越来越稀疏，直到逐渐露出一片开阔的高地。

他停下脚步，平息一下胸口的剧烈起伏，吮吸唇边带有细沙的汗珠，伸手将额头和眼睛上的汗水抹掉，视线一时变得模糊起来。然而，当他弄干眼睛时，面前的景象仍然不清晰，夜晚的雾气已经被头顶烈日造成的雾气取代。

他环顾四周，这片空地被高耸的雨林团团围绕。

雾气之中隐约露出一张覆盖着藤蔓的巨大石刻面庞，兰博不敢相信地眨了眨眼，心中升起宗教的敬畏。

他怀着尊敬之心慢慢往前走，认出了空地四周林下灌木丛中的其他东西，这才意识到自己身在何处。

这既让他惊讶，也让他不安。他走进了一座已经被遗弃许久的佛寺的中庭，这里是一座佛寺的遗址，有几百年的历史。当他穿过雾气，其他物体变得清晰可辨。

这是一座饱经风霜的寺庙，台阶磨损严重，两侧坐着两尊巨大的石头佛像，高达 30 英尺，它们经过几个世纪的浩劫，仍然显得安宁、平和。精雕细琢的墙壁到处都是裂缝和坍塌之处，隐约掩映在树木和藤蔓后面。

这里一定有幽灵。

他在这座庭院中央停下脚步，感受到了天空的壮丽。尖塔状的建筑在远处的雾气中若隐若现。

兰博低下头来表示尊敬。他的宗教背景很复杂。父亲来自意大利，母亲来自印第安人纳瓦霍部落。他在亚利桑那州鲍伊的一座天主教堂里当过祭坛侍者，还在他母亲位于城外的部落村庄里参加过神圣的印第安仪式。虽然这两种信仰都曾打动过他，但直到来到越南，他才为自己选择了一种宗教，而不是他的出身为他选择的那两种宗教。

如果让他说明自己的信仰，他会说自己是禅宗的追随者。他之所以获得这种信念，是因为一个山地土著，他曾和对方一起参加了自己的第一次跨境任务。

虽然经受了特种部队严苛的训练，已经成为精英，但是他当时尚未通过自己的第一次实战考验。训练是一回事，真实的战斗是另一回事。他记起了年少无知时喜欢的一本书《第二十二条军规》中的一句话，主人公突然理解了战争的终极奥秘："他们想弄死我！"在与敌对军队交火时，子弹将他身边的树叶撕得粉碎，特战队战友尖叫着在他身边死去，他尿湿了裤子，吓得动弹不得，此时他感觉到那个山地土著一把抓住了自己，将他带回到安全的地方。

因为他救了兰博的命，所以那个部落居民只能荣幸地承认他们之间存在深厚的精神纽带。就这样，从这个表现得无所畏惧的山地土著那里，兰博也学会了怎样表现得无所畏惧，因为他感受不到畏惧，禅是最终极的武器。当他明白死亡并不存在，他还有什么理由害怕死亡呢？不只是死亡，一切都不存在。生命本身——这棵树、这块石头、这只蝴蝶——只不过是一种幻象、一层掩饰，神灵在我们面前造成的一套魔术般的把戏。如果你看透这套把戏，如果你知道幻想和真实，也就是神灵本身的本质差别，那么通过无知之人所谓的死，你就会进入真实的世界，你就会与神灵合而为一。

那么，你就掌握了自己的命运。

但是如果你太自以为是，如果你不尊重神灵安排给你的幻象的挑战，如果你只是单纯地自寻死路，那么你死后也不会与神灵合而为一，而是会在来世变成一条水蛭。

这种强有力的愿景，这种认为人们愚蠢地称之为生命的东西并不重要的思想，给了兰博力量。有时他觉得禅宗就是让对手赢得那场战争的原因，因为对手明白，无论是多少年还是多少世纪，都不重要。河流、雨林、穿过他们的喉咙或者撕开他们的头颅的子弹，这些都不是真实的。但是在这个它们似乎存在的现阶段，他们需要遵从神灵的愿望，假装这个物质世界是真实的。对于一个美国人，一个相信迪士尼乐园、冰淇淋和汉堡代表一切真实之物的美国人，雨林、子弹和橙剂都足以让人发疯。“上帝啊，快让我离开这儿！”于是在吉姆·莫里森和大门乐队的代表全体国民意识的音乐声中，美国输掉了这场战争。

但是兰博幸存了下来。

他勘察着这座佛寺，感觉到自己的心在巨大的尊崇和敬畏感中谦卑地缩小了。禅宗，对他而言这种宗教似乎是最有力量的。

最实用的。

因为他做的事。

因为他的身份。

在杀戮战场，天主教徒会失去灵魂，即便是纳瓦霍人也一样。

但是佛教徒不会。

兰博朝着这座草木葳蕤的寺庙阴影走去，悄无声音地缓慢移动。突然，他僵住了，因为他听见了另一个人弄出的声音。

兰博心中一惊，赶紧跳进灌木丛，拔出手枪蹲在地上，摆出射击的姿势。

在他左边，一个人影在雨林里暗中潜行，几乎没有触动树叶。兰博随之移动准星，时间仿佛停止了。他继续瞄准。

现在他看到衣服了，一套黑色的宽松军服。越共，这个士兵正在向前走去。兰博将枪口跟随他转动，手指稳稳地放在威力巨大的手枪的扳机上。

但是如果这个士兵不是独自一人呢？枪声会把其他人吸引过来。

不要开枪，他有更好的办法。

他敏捷地钻进灌木丛，优雅地猫下腰，静悄悄地穿过枝叶，没有弄出一点儿声音。

他的猎物做出了同样的举动。

现在兰博看到了一把 AK-47 步枪的独特轮廓，靠近了，更近了，只有一个人在灌木丛里。他猛扑过去，抓住敌人的下巴，手中的刀直刺敌人的咽喉，就在刀刃即将割下去的时候，敌人头上宽大的草帽掉了下来，一头浓密有光泽的黑色长发倾泻而下。

刀刃和那拥有温柔曲线的咽喉只在毫厘之间，兰博呆住了。

"放开我！"这个声音说的是越南语。

而且是女人的声音。这个本地女人看上去 20 多岁快 30 岁的样子，身材小巧玲珑，长着一张颇具迷惑性的精巧面容，和几乎每个年轻越南女人一样美丽，带着东方花瓶似的优雅。她那水灵灵的眼睛睁得大大的，她的嘴巴有力而性感，在突然的惊吓中张开着。

她用越南语重复了一遍："放开我！"当她顺从地将目光向下移时，她的声音放低了。"求你了。"她抬起眼睛，尽管兰博脸上涂着伪装油彩，她很显然还是认出他是美国人，于是她令人惊讶地改口用英语说道："对不起，我没想到，这儿很久没有游客了，你是第一个，我不是有意打扰你的。"

兰博的刀没有移开，他仍然紧紧盯着她。

"你来这里是看看佛像，寻求真理的吗？"她问道。

兰博仍然不说话。

"或者你只是迷路了？要是那样的话，我给你带路。"

兰博用越南语开口说道："不，我没有迷路，我只是在找人。"

他流利的当地方言让她微笑起来，她重新说起了越南语："是不是一个名叫'夜兰花'的人？"

兰博又用越南语回答："那是我被告知的名字之一。"

"另一个名字是蔻奉宝？"

他觉得自己很蠢。不是因为他差点儿杀了她，那只是出于谨慎。而是因为当他第一次听到联络人的名字是"蔻"（Co）时，他自动将它翻译成了英语。而蔻的意思是处女。

"你明白我的名字在英语里的意思吗？"她问道。

兰博点点头。

"我母亲是个滑稽的人，"她皱了一下眉，"你就是他们派来的人吗？你叫兰博？"

他又点了点头。

“再有 1 秒钟，我可能就杀了——”

“我正在藏起来，你没有按时到达，我还以为你是滞留在这里的雇佣兵。你为什么迟到了？”

“嗯，我遇到了一些问题，我被挂住了。”他们尴尬地对视着。

“我从你的眼神里看出来了，”她说道，“你没想到是个女人跟你碰头。”

他耸了耸肩。

“这有什么两样吗？”她问道。

他摇摇头。

“在美国，有所谓的妇女解放运动。”

“听上去有点儿共产主义的味道。”

他咧嘴一笑，摇了摇头说道：“这有点儿复杂，但它想说的是性别不重要，重要的是你把自己的事干得有多好。”

“那你就不必担心。”她不再说越南语了，“我需要练习，最好说英语，好吗？”

他不禁露出微笑：“好吧，你英语说得很好。”

“那还用说。”

“在哪儿学的？”

“很久以前了，西贡大学。”

也就是说她不是像他刚刚想的那样是 28 岁左右，而是 30 出头。

“获得了经济学硕士学位，”她骄傲地扬起下巴，然后露出失望的表情，“现在没多大用了。嘿，你还有时间吗？想吃点儿东西吗？”

兰博轻声一笑：“当然，你有什么？”

蔻将手伸到背后，取下背上的一个帆布食物筒。他认出了这种筒的样式，他在很多死去的越共分子身上见到过它。

她骄傲地拉开盖子：“我有什么？看看吧。”

他的肚子咕噜噜地叫起来。她打开几片橡胶树的树叶，露出里面浸泡着酱汁的饭团子，酱汁的辛辣气味让他张开了鼻孔。

兰博从她手中接过一枚打开的叶片和一双筷子，然后用他荒废多年的技巧将米饭送进嘴里。

“你真的拿了硕士学位？”他一边咀嚼吞咽，一边用英语问道。

“当然，”她咧嘴一笑，“只有在用你的语言说话时，我才听上去像是个 4 岁的孩子。”

他又笑出了声，将更多米饭送进嘴里：“嗯……这是什么酱汁？”

“发酵的鱼。”

“对，我想起来了。”它辛辣的味道像油一样附着在他的舌头上。不知为何，他又笑了起来，将更多米饭塞进嘴里。

在他对面，佛像若隐若现。

14

当他们在纷乱的雨林中穿行，来来回回地绕过障碍物时，兰博仔细地观察了她。她身材苗条，比自己低一头，身体隐藏在宽松的黑色军服中。她行云流水般优雅地掠过树木，从林下灌木丛中穿过。兰博钦佩她避免走在小径上的谨慎，以及她能够在看似无路可走的地方找到通道的技术。

她问过他是否会因为自己是女人感到困扰，而他的回答是真诚的。只要她能做好自己的事，她是什么性别对他来说都一样。

而且实际上，性吸引力本身不会成为问题。

当兰博从越南回到美国时，许多美国人，尤其是参加反战示威的大学生们对归国老兵的态度让他感到震惊，他们斥责老兵是大屠杀的凶手，杀害婴儿的罪犯。他最常得到的称呼之一是“强奸犯”，这让他既厌恶又困惑。这种指责背后的假设是杀戮令人疯狂，疯狂到你会犯下各种罪行。

强奸犯？这种罪行是他非常厌恶的。他的确听说过有士兵在袭击村庄之后强奸越南女人，但是这些人都会遭到其他士兵的鄙视。他们这些下流的畜生活在世上就是这个样子，到了越南也没有改，但是至于兰博认识和尊敬的那些士兵……

难道民众不明白，战斗会让人远离性爱吗？别提什么强奸了，光是想到这个就让他心生厌恶。战斗会让人远离正常的性爱，双方都自愿的性爱。

在亚利桑那州的鲍伊长到十几岁时，和学校里的任何其他被激素驱使的男同学一样，他也对女孩子感兴趣。当然，在那个时代，所谓的性解放运动还没有出现，所以他一直是童子之身。他有过一个女朋友，她长着一头漂亮的浅黄色头发，如果他没有参军的话，也许已经和她结婚了。当时的情况有些复杂。他的母亲去世了，不再需要自己保护她免遭酗酒父亲的虐待，他觉得自己应该向前走，离开自己糟糕的家。当他从战场上回来时，他发现女朋友已经和别人结婚了，她有两个儿子和一个女儿，她和他说话的方式就好像他们一直都只是普通朋友。实际上，她看上去很尴尬，好像她根本不愿意记起他一样。

兰博不怨恨她嫁给了别人，毕竟他离开了很长时间，有一阵子还被认为已经死了，他不指望她等待自己。

事实上，他感到如释重负。

因为婚姻此时对他来说是不可能的。

生儿育女？

不可想象。

因为，在经历了他忍受的恐怖之后，性爱已经不再是一种欲望。他无法忍受与另一个人如此接近，不只是情感上的，是字面意义上的、物理意义上的。他的胃会缩成一团，他会冒冷汗，让皮肤变得又湿又黏。

并不是说他变得无能了，绝不是。他有时会做春梦。偶尔，在极少的情况下，他会自慰。

但性交是不可能的。

因为当你如此靠近另一个人的时候，你是不受保护的，容易受到伤害。

因为在性爱的过程中，你会失去控制。

因为即使采取了避孕措施，也总是有让对方怀上孩子的可能。而孩子不应该承受出生在这样一个糟糕的世界的痛苦。在这个世界，战争和战俘营不但是可能的，而且是太多人司空见惯的事情。

当他继续在灌木丛中穿行，看着蔻熟练地带路时，他再次想到她的问题。她是个女人，这会有什么两样吗？

没有。

15

他们钻出灌木丛，出现在一条泥泞、狭窄小河的岸边缓坡上，在兰博的地图上，这条河被标注为“卡河”。

兰博停下脚步，仔细观察缓缓流动的河水。“我们怎么从这里往北走？”他用的是英语，心里记着她想练习。

“我安排了……”她思考了一下，挑选合适的字眼，“……交通。老路线，不安全，”她的眼神露出困惑，“但是当我们抵达上游时，我想你会失望的。”

“噢？为什么？”

她摇了摇头道：“我在两个月前去过那个营地，那里没有人，空了好几年了。”

“但是……”兰博皱起眉头疑惑地说，“他们为什么要派我们去一座废弃的营地？”

“也许士兵之后又回来了。”

“也许吧，但愿他们把战俘带回来了。”

“这边，”蔻指着左边上游的方向，“交通离这里不远。”

16

兰博刚从森林里走出来就听见了他们的声音。在前面的一个半咸水水湾里，他看见一个胡乱搭建起来的小屋，屋顶是波纹铁皮的，墙壁是竹子的。它坐落在河面上方，从河岸伸出的骨骼似的树根支撑着它。一个平台从小屋前方伸出，架在水上。平台上有两个外表怪诞且邋遢的越南人，一个人戴着耳环和一顶汗渍斑斑的牛仔帽，另一个人穿着一件肘部露出大洞的无尾礼服外套。他们一边争夺一个瓶子，一边醉醺醺地对骂着。

当兰博走近之后，他认出了瓶子上的商标。

百威。

蔻用越南语向他们喊道："出发吧！"

两人猛地转过身来，惊恐之下，他们抓起自己的AK-47，顾不上瓶子从手中掉落并从平台上滚下，在水里激起一朵浪花。

毫无疑问，他们是在举枪瞄准，但是通过浑浊泛红的眼睛，他们很显然认出了蔻。其中一人对另外那个人咕哝着什么，后者用鼻子哼了一声。

当他们放下武器时，兰博松了口气。但是当他听到身后树叶的沙沙作响并转过身去，看到又有两个海盗从藏身的森林里走出来的时候，他又感到一阵紧张。

"这些家伙看上去连自己的母亲都愿意卖掉。"他用英语悄悄地对蔻说。

“有时他们的确会那样做。他们是海盗，走私鸦片的人。”她试图让声音显得乐观，“但这是去上游最好的方式，不会引起军队怀疑。”

“眼下我担心的不是军队。”

小屋旁边，一条破旧的小船在水中颠簸，船上的篷子也是用波纹铁皮和竹子搭的。船舱里走出了一个外表更怪诞的男人。他上了岸，朝这边走过来，身体轻微摇晃着。他的头发又长又油腻，胸前晃荡着各式各样的廉价项链，一只手臂上戴着四只手表，一把手柄镶嵌着珍珠的左轮手枪插在尺码过于肥大的、油迹斑斑的美国牛仔裤的裤腰上。他咧嘴一笑，露出上门牙掉落之后剩下的光秃秃的牙龈。

“蔻，和我说话时继续用英语。”兰博在那人走近之前压低声音说。她似乎有些困惑，但还是照他说的做了。她一边指着那人，一边礼貌地鞠了个躬介绍道：“这是船长仲京。”

兰博也鞠了一躬：“船长。”

京露出了更多牙龈，他拍拍胸口，用英语说：“我是最好的，你上的是最好的船。”

“是啊，我能看出来，”兰博说，“谢谢你帮助我。”

“很高兴帮助你，你放心。”京似乎对兰博背上的两个皮筒很着迷。

“我的语言，你说得很好。”兰博说。

这位船长改用越南语问道：“但你会说我的语言吗？”

兰博露出困惑的表情，将目光从船长移向蔻。

京仍然用着越南语向蔻问道：“这个美国人听不懂越南话？”

她摇摇头。

京收起了没有牙齿的笑容：“你带钱了吗？”

“在这儿。”蔻从宽大的军装里拿出一叠破烂的美元，递到他手中。京贪婪地数起钱，然后眯起眼睛：“剩下的呢？”

“现在付一半，以后付一半。”

“之前可不是这么说的。”

蔻只是直直地盯着他。

京撇了撇嘴，转身面向手下，吼叫着发出命令。

他们醉醺醺地应声而动，向彼此叫喊着矛盾的指令，笨拙地收起船上的锚绳，纷纷跳上船。有个人差点儿失去平衡，手臂在空中拼命挥舞，好让自己不要掉进水里。其他人一阵哄笑，高喊着侮辱人的下流话。

仿佛是按动了某个开关，京那丑陋的无牙的笑容又回来了，他朝小船做了个手势。

兰博不情愿地走过去，和蔻一起登上了船。

17

兰博走进船舱，一个抱着婴儿的越南女人随之挪到边上。这个房间很暗，烟雾弥漫，屋顶矮得他只能弯下腰。

而且它还非常狭小杂乱，每一处空间都挤满了捡来或者抢来的垃圾：空的可口可乐箱子、锈迹斑斑的轮毂盖、一台破旧的维克多牌收音机、一台屏幕破碎的电视机、发霉的书、死鸡、一个制冰格、一个没有轮胎的自行车轮、两个舷外发动机。这些东西堆在一起，看上去毫无逻辑可言。

但是在弹药箱后面，兰博看到了几支步枪和霰弹枪竖起的枪管。3 个船员跌跌撞撞地闯进来，增加了船舱里的恶臭。其中一个人拿着一瓶占边威士忌，直接对着瓶口喝，结果被另一个人抢了去，后者也举起瓶子直接喝起来。那个抱着婴儿、脸上布满皱纹的女人点燃了一根长长的陶土烟枪，当烟雾飘到兰博的面前时，鸦片发出的那股令人难受的甜甜的怪味让他的鼻翼抽动起来。

兰博感到船身向一侧倾斜，小船已经离开岸边，向上游前进，一台发动机发出噼噼啪啪的微弱响声。

京的身影出现在打开的门口。他一边擦去从光秃秃的牙龈漏到嘴唇上的口水，一边问兰博，这次用的又是英语：“想喝一杯吗？”他用手指了指他的一个手下正在对着瓶子喝的那瓶威士忌。

兰博摇摇头。

“太遗憾了，”京面露喜色，“不，不遗憾，这样我就能喝更多了。”他从那人手中抢过酒瓶，骂了他一句。

“睡在这里，”蔻对兰博说，“安全的，我们往上游去。”

“睡？”兰博看了一眼面前的垃圾堆，“睡在哪儿？而且碰见巡逻艇怎么办？”

“啊，”京摇了摇手指，“不用担心巡逻艇。”就像打开圣诞礼物的孩子一样，他走到一个沾满油渍的木头锁柜旁边，掀开盖子，快活地朝里面瞧着。

当兰博看到京从柜子里拿出的是什么东西时，他理解了京的快活。

那是他对自己武器的自豪。一台令人恐惧的俄制 RPG-7 便携式火箭发射器。

京的眼睛闪着邪恶的光说道：“我们不会有问题的。”

“是啊，”兰博说，“不会有问题。”

战俘营

1

陶德曼透过机库打开的大门向外望。眼看着太阳快要落下，他的肌肉紧张得一阵酸痛，他已经这样盯着外面几个小时了。在此之前，他一直在机库里踱着步子走来走去。再之前，他一直站在无线电话务员的身后，全神贯注地看着仪表盘，仿佛他能够依靠纯粹的精神力量让兰博的声音打破静电干扰似的。

是的，等待。

这是他唯一能做的事。

还有祈祷。

但是他抱着很大的希望。如果有谁能从那场灾难性的跳伞中幸存下来，那一定是兰博。

可是，见鬼，为什么他还没有呼叫？陶德曼心想。我从未想到有这么一天，我会真的希望跨境执行任务的手下把无线电台给摔坏了。

陶德曼转过身去，看到走过来的默多克，他期待地绷直了身体问道："有消息吗？"

默多克摇了摇头。

"这不符合我的本性。"陶德曼说。

"什么？"

"成为多余的人。我今晚想和撤离小队一起起飞。"

"我觉得这没有必要。

"也许没有必要，重点是我想去。"

“不同意。”

陶德曼的头发立起来了：“不同意？”

“太危险了。这会是一次令人胆战心惊的飞行，不能让有上校军衔的人冒这样的风险。你已经付出了你应该付出的，你有权利避免将自己暴露在危险中。”

“你为什么不让我自己担心风险呢？我是说我想——”

“不，这是每个人的担心，我的担心，”默多克说，“我不需要一个上校在越南上空被击落。如果我说错了请你纠正，但我之所以还让你留在这里，只是出于礼貌。”默多克扬起双手，“没错，我承认，还为了控制住你的‘孩子’，你是这么称呼他的吧。但是既然你在这里，你就是团队的一员。而我认为，将所有因素考虑在内之后，我不希望你冒不必要的风险。实际上，我甚至不确定应不应该让埃里克森驾驶那架撤退直升机进去。”

“等等，你难道是在说……取消这次行动？”

“我很想这样做，相信我，局面正变得比我计划中的更加不确定。”

“但是你承诺过，你说那架直升机会去接应，那它就应该去接应。”

“承诺？向谁？兰博吗？我们甚至不知道他是不是还活着，希望不大。”

“不，”陶德曼说，“你向我承诺过。上帝为证，我要你信守诺言。”

“看来是这样，哈？好吧，我知道你是打哪儿来的，当我们结束这次行动时，我当然不希望有任何异议报告。你想继续任务，派埃里克森驾驶那架直升机飞进去？没问题。你想以身犯险，亲自进去找他？也没问题。反正我身上不会掉一块皮，但是上校……”

“怎么了？”

“我相信你，你当然是忠诚的。”

2

兰博站在小船船舱打开的门里，身体隐藏在帆布后面，透过一道缝向外张望，看到落日正在河面上泛起古铜色的光，船尾那台古老的舷外发动机继续倔强地吼叫着。随着小船缓慢地向上游驶去，他观察了一下从它旁边经过的船只：都是更小的手摇船，船夫戴着宽阔的圆锥形草帽，在阳光中映出一道剪影。偶尔会出现一艘像它一样的大一些的机动船。他的目光掠过一个宁静的村庄——一排排架在桩子上的棚屋沿着山坡向上延伸，棕色皮肤的孩子光着身子欢快地跳进水里，笑声和叫声跨越河面传了过来，然后又是宽阔的森林。他意识到如果不是发动机的声音，这幅场景和 100 年前甚至 500 年前没有什么两样。

战争来了又去，政权和意识形态兴衰不定，留下的只有土地和人。

当你真正和他们接触的时候，会发现人们想要的不是政治，而是不被打扰。

他合上这道缝，让帆布在门口挡住自己，然后看了蔻一眼。她蜷曲着身体靠在一个弹药箱上，睡着了。

她的脸露出安宁的神态。充满孩子气。

很美。

她的眼皮忽闪忽闪地抖动起来，逐渐从沉睡中苏醒。她注意到兰博，微笑起来。

“你不困？”她用英语问道。

“不急，”他说，“等这一切都结束再说。”

“我觉得这一切永远都不会结束。”

“你说对了。”

两个船员还在船舱里，醉醺醺地趴在板条箱上，他们对视了一眼，对他们听到的这种陌生的语言感到迷惑不解。

“我们再吃点儿，好吗？”蔻问道。

“如果你想吃的话，我们就再吃点儿。”

她打开一枚橡胶树的叶片，递给他一双筷子。当他们一起将筷子伸向剩下的发酵鱼和米饭时，有时她的筷子会碰到他的筷子。

“您请。”她说。

兰博脸红了：“对不起。在这里，我忘记了礼貌。”

“我知道，我是开玩笑的。”

他咧嘴一笑。

“他们是怎么找上你的？”她问道。

“说来话长。”

“而现在，”她说，“旅途也很长。”

他摇摇头，嘴里还嚼着米饭。“还是不够长，说不清。”他将米饭咽下去，“嘿，你呢？是什么让你开始为间谍们工作的？”

“间谍？”

“情报工作，就是你现在正在干的事。”

“噢，是的，我明白了。间谍，非常好。”她咬住筷子，陷入了沉思，“他们是在西贡战役之前和我在大学里谈话的，做交易。”

“没错，那正是间谍们擅长做的事。”兰博说，他想起了那座采石场、肌肉的酸痛，还有背上的汗，“做交易。”

“我的兄弟是南越军队的上尉，需要前往美国的文件，否则会被北越处决。是的，间谍们做交易。他去美国，我留在这儿，为他们工作。我的兄弟和我的儿子，他们都去了美国。”

兰博吃惊得停止了咀嚼：“你的儿子？”

蔻垂下了眼帘：“阮，现在他已经 12 岁了。我已经 8 年没有见过他了，我敢肯定他已经长得很大了，也许没有美国男孩的块头大，但一定强壮。”

“是的，强壮。”兰博痛苦地咽了一口饭，“在美国，有那么多食物，我相信他会长得很壮的。他父亲呢？”

蔻耸了一下肩膀，这是他从越南人那里经常看到的一种坦然接受苦难的动作：“我的丈夫？死了，在战争中被杀死了。”

当然，兰博心想。她见过了每一种死亡的方式，她已经将死亡当成了日常生活中司空见惯的元素。“我很抱歉。”

“嗯。”蔻犹豫了，绷紧了声音，“我也很难过，我想他，许多个夜晚。”

他改变了话题，让她能够从容地避免暴露悲伤。“那你的儿子呢？阮？你说的是他的名字吧？他去了美国的什么地方？哪座城市？”

她自豪地说：“亨廷顿比奇，在加利福尼亚。”

“啊，”兰博思考了一下，“那儿很好，他说不定有了一张冲浪板呢。”

“冲浪板？”

“一块木板，你可以站在上面，乘着海浪。”

“乘着——”

“有点儿难以描述，你得亲眼看到才会相信。我的意思是，你的儿子，我敢说他肯定在让女孩们心碎呢。”

蔻生起气来了：“阮是好孩子。”

“当然，”兰博笑出了声，“他当然是。”

“他安全，别的没什么重要。不像这里，不像他的父亲。”蔻放下筷子，双眼黯淡无光，“太多死亡了，死亡无处不在，我只是……”

“嗯？”

“只是想活下来。”

所以你和间谍们达成交易，冒着生命危险保证你儿子的安全，兰博思忖着，你真是个好女人。

“那你呢？”蔻问道。

“我不知道你想问……”

“你想要什么？”

“我？”兰博耸耸肩，“生存。”

“生存？那和生活不一样。”

“我猜是的。我想我已经很久没有生活过了，自从……”

“在这里生存不容易，现在这儿还有战争……”

“是啊，”兰博说，“要想在战争中生存，你需要……”

“怎样？”

“……成为战争。”

蔻扬起眉毛，感到困惑不解：“那间谍们为什么挑选你？因为你喜欢战斗？”

“我憎恨战斗，但我擅长……而且我是消耗品。”

“消耗品？”

“知道是什么意思吗？”

“先别告诉我……它的意思是如果你和一群人在车上……车出了事故……你是唯一死掉的人……没有人在意，是吗？”

“你说对了。”

兰博看了一眼挂在她脖子上的皮绳，当她的身体向前倾时，连在上面的一个圆形挂坠从她的军服领口荡了出来，他摸了一下。

一个小小的金色佛像。

“它为我带来好运。”蔻说道，目光从他的手指移到脸上，“什么给你带来好运？”

他将手指从小佛像上收回，思考着。

然后他垂下手指握住自己的刀柄，将目光移向那些躺得七倒八歪的海盗。

蔻明白了。

3

外面的叫喊声让兰博紧张地绷直了身体。

他抽出刀，朝门口的帆布冲了过去。与小船孱弱的舷外发动机形成鲜明对比，一台功率强大的发动机正在迅速靠近，它发出的声音每1秒都在变大。

蔻跑到门帘旁，向外张望，然后转过身对兰博喊道："军队！河面巡逻艇！"

兰博的胃紧缩了一下，感到彻骨的寒冷。

喝醉的海盗们试图清醒过来，他们咕哝着朝帆布摇摇晃晃地走去。但是兰博已经朝着一张搭在板条箱上的防水油布扑过去了，他手忙脚乱地躲在板条箱后面，将油布拉过来盖在身上，几乎被油布的气味呛晕。他突然感觉有好多乱七八糟的东西砸在自己身上，疑惑了一会儿才意识到是蔻在把自己埋起来。

他抓住刀。

拔出手枪。

他将呼吸压得尽可能微弱，满心慌乱地想着千万不能让这块静止的油布有任何动静。

4

蔻把最后一堆杂物盖在他身上。一只自行车打气筒落在一把没弦的吉他和一只老式洗衣机的滚筒上。她的心脏怦怦直跳。她听到巡逻艇的轰鸣声已经非常近了，震得船舱的铁皮墙壁发出嘎嘎的声音。

她朝自己的步枪看了一眼，但是还没来得及抓起武器，门帘就被掀开了。

京冲了进来。他将那个满是油污的木头柜子的盖子揭开，拿出里面的火箭发射器，往管子里塞进一支火箭，血红的眼睛射出凶光。

蔻拦住了他，用越南语对他说："你敢用那玩意儿试试。我会用它瞄准你的命根子。你老是用它思考，而不舍得用你的脑子。"

京瞪着眼睛，在自己引以为傲的武器和她的智慧之间取舍："你有更好的办法？"

"贪婪。"她从军服里掏出一叠越南钞票，塞在他手里，"去吧，去做你擅长做的事。"

京的脑子一时转不过弯，但是这句夸奖立即让他高兴起来，又露出了没有牙的牙龈："为什么不呢？"

当他弯下腰从船舱里钻出来时，蔻跟在后面。在小船的甲板上，她举起手遮住眼睛，挡开从水面上反射的刺眼阳光，看到那辆巨大的巡逻艇划出一道弧线停了下来，它激起的巨大波浪几乎将小船吞没。随着甲板左右摇摆，她用一只手撑住船舱的铁皮墙壁保持平衡，然后假装无辜地看了一眼上方的大船。

它的引擎突然停止了轰鸣，令人不安的宁静比刚才的咆哮更加可怕，余波拍打着船头。在甲板上，6个神态严肃的士兵穿着越南海军的制服。在船头，一名甲板机枪手向后拉动了R.P.K.机枪的枪栓，然后将枪口朝下转向小船，并做出瞄准的姿势。其他士兵警惕地端着AK-47步枪。巡逻艇的艇长是个胸宽背阔、态度傲慢的家伙，他将一个扩音器举到嘴边，用越南语快速地下达着命令，声音尖锐刺耳，嗡嗡作响："站住！原地别动！准备登船！"

京的手下在甲板上尴尬地来回挪动着脚，看上去更蠢了。那个骨瘦如柴、满脸皱纹的女人正在抱着她虚弱憔悴的孩子哺乳。

京做了个大度的手势，项链发出清脆的撞击声："嗨，当然。拜托，我们没什么东西好藏的。我说，你想喝一杯吗？"

艇长抽动了一下鼻翼。两边各站着一个手持冲锋枪的卫兵，他拔出自己的手枪，用枪管轻轻敲打另一只手的手掌，然后跳下巡逻艇，落在小船上。他落在甲板上时膝盖弯了一下，赶快站直并保持住平衡，有意识地维护自己的威严。他用怀疑的眼神向四周打量。

蔻站在船舱门外，试图表现出对他的制服感兴趣的样子。

艇长嘴里咕哝着，挥手把她推到一边，迈步走进船舱。

京跟在他身后说道："或者你想要一只手表？好表，美国货。"

夕阳已经一半落入林中，蔻眯起眼睛往门里瞅，试图看穿里面的阴影。

艇长用脚戳了戳那堆杂物，还踢了一下，问道："哪种表？"

"一块宝路华。"

"给我。"他猛戳了一下在盖住兰博的那张油布上堆着的垃圾，"你刚才说喝一杯？”

“上等威士忌。”京打开一个板条箱，交给他一瓶没有开封的顺风威士忌。

“这是你从哪儿弄来的？”

“别人在河上弄丢的。”

“我记得你刚刚说你没什么好藏的。”

“这看上去像是藏起来的样子吗？”

“那边的枪是怎么回事？”

“什么枪？噢，那些枪啊，那是我们拿来自卫的，你不会相信最近河面上有多少盗贼。”

“噢，你还别说，我相信。”

“当然，你大概每天都得提防着那些贼。”

“为人民服务嘛，当我发现贼的时候，我会给他们应有的惩罚。”

“我敢说你一定太操劳了，工资又低，人们没有意识到海军为他们做了多少事。”

艇长踢了一下装着火箭发射器的锁柜：“一直都是这样，当了海军，就会习惯不受认同，没有人对我们提供的保护表示感谢。”

“也许这能表示我们的谢意。”京抽出蔻给他的那叠钱。

艇长舔了下手指，开始一张张地数起钱来：“就这么点儿谢意？”

“啊，我正要掏另一个口袋呢。”京将另一叠钞票奉上。

“好，现在我知道你对我们的工作有多感谢了，作为回报——”艇长扫视了一下四周，“——让我提醒你一句，当心点儿，我听到消息，河上不但有盗贼，还有走私犯。”

“卑鄙无耻的下流胚子，”京往地板上吐了一口唾沫，“他们的母亲咒骂生下他们的那一天。”

“也许我们会再见面的。”艇长又猛地踢了一脚装着火箭发射器的锁柜，朝门口走去。

“噢，我期待那一天。”京说。

蔻及时转身，为艇长让开路。他在甲板上停了一下，狠狠瞪了一眼京的那几个面容下流的船员，然后爬上巡逻艇。

蔻抑制住内心的紧张，看着艇长急促地做出撤离的手势。巡逻艇猛地发动起来，让小船又开始向一侧倾斜。

直到再也看不见巡逻艇——它的引擎声在绕过河流的拐弯之后就渐渐消失了，她立刻钻进船舱。

“你怎么样，兰博？”

她看见板条箱后面有个影子在动，兰博蠕动着身体，抖动掉乱七八糟的杂物，像幽灵一样从油布下面钻了出来，一只手拿着刀，另一只手拿着手枪。

“我宁愿待在费城。”

“什么？我不明白。费城？”

“一个老笑话。”

“噢，是个笑话。”虽然蔻还是不懂，她却笑了。

5

现在是晚上。刚刚下了会儿雨，现在月光照在树叶上，闪闪发光，让森林显得生机勃勃。到处都在滴水。兰博和蔻沿着光滑的树根爬上一处陡岸。他们弯下腰隐藏自己的身影，在陡岸另一边选择了一条下去的路。

当他们从船上下来，站在膝盖深的泥泞河水中时，蔻对京说："等在这里，我们回来就付剩下的钱。"

京不是很高兴，他不想冒着遭遇另一艘巡逻艇的风险，但是贪婪胜过了胆怯。

问题是，他靠得住吗？兰博一边想，一边在黑暗中摸索着走下这面斜坡。如果京改变了主意，认为这笔钱不值得挣呢？如果我们回去之后，他不在那儿呢？

那我们就只能寻找去下游的其他办法了，仅此而已，兰博想道。但是另一个想法又浮现在心头。如果京打算留在这里，那么合乎逻辑的推理是，京还会试图抢走他们的钱，所有的钱，然后杀了他们。8个海盗对付我们2个人，京一定会认为他的胜算很大。要是他这样想的话，那他还不如在他的小屋里对我们下手。如果他不打算信守诺言，又何必大费周章地把我们送到这儿呢？

不会的，兰博想得越多，就越肯定京会在那里等着他们。

当他抵达黑暗的坡底，他的靴子碰到某种圆圆的中空的东西。它滚动起来，撞在了别的什么东西上。

在他旁边，他听到蔻踩在某样东西上，发出嘎嘎的脆响。他停住脚步，皱起眉头。诡雷？那我们应该已经被炸成碎片了。

葫芦？

这声音太脆了，不像是葫芦。

兰博向前走了一步，听到干枯树枝堆在一起时彼此刮擦的声音，他又皱起了眉。当他试图绕过它们时，发现这堆东西又出现在新的方向。实际上，周围到处都是，他意识到自己被这种东西包围了。

到底——？

他的眼睛适应了下面越来越深的黑暗，努力借着从树冠渗透到最下面的微弱月光，想要看个明白。

他开始看到白色的圆形物体，但更多的是象牙色的较长的物体，其中一些略有弯曲，它们堆在一起，毫无章法地交叉着。

但是过了一会儿，它们的形状就清晰起来了，兰博一阵干呕，感觉胆汁涌到了嘴里，一股浓烈的苦味。

他盯着的是骨头，人的骨头。颅骨和骨架彼此堆叠，缠在一起，藤蔓从破碎的胸腔进进出出，卷须从没有血肉的嘴和没有眼球的眼眶里伸出来。

但是嘴里有牙，这让他明白了一切。在浓密的雨林里，只能依靠贫乏的食物活着，越南人留不住嘴里的牙，大多数成年人吃东西是用牙龈将食物压碎而不是真正地咀嚼。

不，这些骨架，这些头骨（比大多数越南人的头骨大）是白人的。

是……

美国人？

上帝啊，尽管湿热无比，他的脊背还是在颤抖，他能想到这些战俘遭受了怎样的对待，他们没有埋掉尸体……

当然没有，他咽下了更多胆汁。

……而是把他们拖到外来，随便扔进沟里，雨林很快就会完成处理尸体的人不愿意完成的工作。动物、昆虫和微生物会蹂躏尸体，撕开皮肉。食腐动物会啃咬骨头，将骨架弄散。传播疾病的危险很小，而且尸体的腐臭不会飘出深沟之外。当雨林完成它的工作，臭味很快就消失得无影无踪。

他朝蔻看了一眼，模模糊糊地看到了她阴影中的那张脸露出的表情，那种恐惧、震惊的表情。

他轻轻拍了拍她的肩膀，指向对面的斜坡。她踌躇着，深深吸了一口气之后，点点头。

他们轻手轻脚地尽量压低声音，走在这个骸骨坑里。当他在骨架之中迈步时，它们发出咔嚓咔嚓的轻响，老鼠纷纷向尸骨堆更深的地方逃窜。

经过令人难以忍受的几秒（感觉像是好几分钟）之后，他走到了灌木丛覆盖的地方对面。

当他再次往上爬的时候，理应感到的轻松并没有来，他反而感到忧心。不是因为他知道战俘营现在已经不远了，前面说不定就会迎来战斗。正好相反，他感到忧心是因为尸体会产生腐臭这回事让他意识到这里没有任何臭味，这些尸体很早之前就只剩森森白骨了。在那座佛寺，蔻对他说她 2 个月前就观察过这个营地，那时它就是空的。

或许它现在仍然是空的，他心想。也许我们找不到战俘，也许我是白来了一趟。

6

兰博爬上了另一面斜坡的坡顶，但是就在他准备弯着腰从灌木丛里钻出来时，蔻拦住了他。在那里更明亮月光的照射下，他从她的脸上看到了紧张，她用忧虑的眼神看了一眼他的前方。

他明白了。

兰博的肌肉紧绷起来，抿紧嘴唇点了点头。他趴在一片肥沃的泥土上，泥土的气味浓郁得让人窒息。然后他开始爬行，穿过蕨类和树叶。

他拨开一片蕨叶，看到了那座战俘营。

它就在对面的下方，在阴影中延伸，占据着一条又长又宽的沟谷。这条沟谷和他刚刚离开的那条沟不一样，它不是左右延伸的，而是向前方笔直地伸展，而且它很宽。

兰博从未以这个角度看过它，但他绝不可能认不出它的样子。在这里待过的 6 个月深深地印在他的脑海，他做的那些噩梦更加强了他的印象。那个烂泥坑，那个拷打架子，那个太小太短、站也不能坐也不能的竹笼子，弯曲膝盖造成的腰痛，下巴抵在胸口造成的脖子后面的疼痛……

你觉得你要疯了，但是你知道，如果你真的疯了，那你就活不成了。你很肯定，你随时都可能崩溃，你会在绝对的无助、痛苦和绝望中尖叫，哀号。但是你就不，你控制自己坚持这 1 秒，然后再坚持 1 秒，你想到在亚利桑那州沙漠里的露营，在脑海里回放每一个动作：支起帐篷、生火、加热从罐头倒出来的牛肉炖菜、尝尝浓稠味厚的肉汁。或者你会想象自己坐在那辆破旧但马力十足的福特汽车里，奔驰在一条偏远的公路上，汽车在你身后扬起灰尘。你大叫一声加速到 110 迈[9]，感受汽车在路面上的颠簸。

但是随后你就意识到，不管在头脑中要多少把戏，你都仍然在笼子里，或者在地牢里，或者在拷打架子上，你的手绑着举在头顶，双脚在空中晃荡，肩膀慢慢被拉脱臼。

然后你会想起你的山地土著朋友，从而知道在沙漠里露营并不重要，开着你的福特飙车也不重要。

一切都不重要。

因为一切都不是真实的。

笼子不是，地牢不是，拷打架子不是。

一切都是幻象，痛苦是不存在的，如果一个人并没有身体，又怎么会有痛苦呢？

只有思维。盯着笼子上一根竹子的竹节（竹子不是真实的，竹节也不是真实的），他先将注意力集中在落到竹节上的一只蚊子上，又集中在这只蚊子的翅膀上（这只蚊子不是真的，它的翅膀也不是真的），然后将自己想象成上帝眼中的一粒尘埃（但上帝是真的）。

然后他活了下来。

盯着眼前的战俘营，回想着往事，他浑身发抖。他知道，按照逻辑来讲，自己应该持有一以贯之的态度，相信这个战俘营本身也不是真的。但他做不到，或许是因为禅宗对他而言更像是一种骗过思维的方法，而不是一种安身立命的哲学。或许是因为，相信这个战俘营不是真的会迫

---

[9] 1 迈≈1.61 千米 / 时。

使他相信囚禁在里面的任何美国战俘也都不是真的，他从内心深处抵触这种想法。

他内心的痛苦眼下似乎毫无意义。

因为就像蔻预测的那样，这座营地一片漆黑，似乎被遗弃了。营地两边各有一座精心布置的警戒塔。设计者利用了营地两边的两棵大树，用树干作支撑，将哨亭建在上方伸展的树枝间。这是出色的伪装，对自然材料的巧妙利用。铁丝网缠绕在一系列木桩上，构成一个大致的方形，将营地围在里面。另一层铁丝网构成了第二道屏障，但这层铁丝网只是伸展开来，却没有固定，它像玩具弹簧似的随意地弯曲着。

营地的入口就在他正下方——一扇巨大的木头门，右边有个岗亭。这里再次利用了自然材料——岗亭的后墙是一棵树的宽大树干，一条土路经过岗亭，穿过大门，通向“U”字形排列的三排木头营房。“U”字的底端正对着兰博，开口一端对着悬崖峭壁上的一个大洞口。

这种地狱般的布局方式和兰博之前在美国听说过的那种战俘营完全不同，大概是由于人们对二战战俘营的那些描写，先入为主的偏见让大多数美国人以为战俘营是明亮开阔的区域，周围100米都没有任何遮挡。但是这座战俘营却被两侧长满树木的悬崖夹在中间，即使在白天，营地里也阴惨惨的，十分昏暗。

兰博知道，有时当你离开一个地方，在你身上发生了一些事之后再回到那个地方时，你的记忆和你眼前的所见已经不再相符。当他短暂地回到亚利桑那州的鲍伊——他以为那是自己的家，他很明显地感受到了这一点。在这座战俘营里受折磨时，鲍伊在他的脑海中是那么辉煌灿烂，而当他回去时，他发现自己的故乡实际上破烂狭小，惨惨淡淡。或许，他只是不再属于那里了。

不属于任何地方。

但是他下面的这个营地，即使从这个新的视角观看，也和他记忆中的一模一样。很显然，地狱是不会变的，他的噩梦没有改变。

他的身体又开始发抖了，但这次是因为紧张的情绪，他有事要做。

“我跟你说过，看上去是空的。”蔻轻声低语，趴在他旁边的灌木丛里。

兰博仔细观察其中一座警戒塔，然后观察另外一座，没有哨兵的影子。

“要靠近吗，嗯？”蔻轻声问道。

她起身做出蹲伏的姿势，开始悄悄向前挪动。

兰博抓住她的裤腿，她转过身，扬起的眉毛写满了疑问。

兰博指了指她的前面，一根绷紧的金属丝结着露珠，在月光下微微闪烁。他又指向她的左边，那里有一颗绑在树上的克莱莫人员杀伤地雷。当她被金属丝绊住，至少会被炸飞两条腿，更有可能整个下半身都被炸飞。

她匆忙退回他身边。

他的目光又回到营地，在大门旁边的岗亭里，突然亮起一个光点，转瞬之间又熄灭了。

有人在点烟。

兰博的直觉加快了。

蔻也看见了亮光，她惊讶地转向他，嘴巴刚要张开。

他将一根手指放在她嘴唇上。

寂静被一阵噼噼作响、几乎像放屁一样的马达声打破了，车辆的前灯从下面的雨林斜插过来，光柱穿透了黑暗。

兰博想看清灯光后面是什么。

一个年轻的女人，穿着鲜艳但俗气的衣服，骑着一辆小轮摩托车驶向门口旁边的岗亭。她将摩托车停下，发动机回火的声音像是一声枪响。

山谷会将声音放大，声音传了过来，低沉却很清楚，女人笑着和卫兵打招呼，而那男人的声音听上去很暴躁，傲慢。

蔻很显然不知道兰博是否明白他们的对话，便小声说道："从村子里来的妓女，她说那里的生意不好。"

在这上面，没有什么会引起回声，所以说几句勉强能听见的话也许是安全的。

但是兰博又把一根手指放在她的嘴唇上，因为她的解释并没有必要。虽然他漏掉了几个字，但他大概知道妓女和哨兵在说什么。

妓女向哨兵提出做一笔交易，非常好的交易。但哨兵暴躁的口气就像是他在提出交易一样。

哨兵打开大门让妓女和她的摩托车进去。"记住，"他用越南语说，"半个小时后。"然后他粗鲁地说出他想对她做的事。

但是摩托车已经噼啪作响地朝营房驶去了。

兰博的胃缩成一团。他灵巧而飞快地将背上的两个皮筒卸下，尊敬地拉开盖子，实际上几乎是带着宗教般的虔诚倒出里面的东西，开始组装。

它们看上去是如此不同寻常，蔻不禁低声问道："这是什么？"

7

箭。弓。

因为拥有一半纳瓦霍血统，兰博很小的时候就受训成为一名优秀的弓箭手。在他母亲的村庄，步枪已经取代弓箭成为打猎的主要武器，但是许多纳瓦霍人仍然精通这门技艺，而村子里最年长、最有智慧的老人就是他的师父。师父教导他说，力量很重要，没错，但是技巧和耐力更重要，而最重要的是专注。为了证明这一点，这位老人——他常常需要拐杖才能走路，有时站起来都困难——拉开了一张弓，而这张弓在兰博后来长成肌肉发达的十几岁小伙子时都拉不开。然后老人将箭射了出去——嗖！——正中 30 码[10]外靶子的红心。看到这一幕，兰博一下子瞪大了眼睛。“因为拉开弓的是头脑，不是身体。”老人说，“如果你的头脑强大，你的身体就会服从。弓箭手就是巫师。拉开弓就是深入自身，超然物外，屏蔽所有干扰，正视自己的灵魂。”

当时的兰博自然不理解这番话。他太年轻了，老人这样说。但是对灵魂的感觉会来的，而兰博努力试图理解。他的确努力了，但是他的箭很少射中目标。“因为你没有耐心，”老人说，“你在担心，你太心急了。你必须学会爱这张弓，用你的灵魂引导箭。”

在经过几个月失败的尝试之后，巨大的挫败感让他觉得自己永远

---

[10] 1 码≈ 0.91 米。

都不可能学会了，于是有一天，他决定射出自己的最后一箭，之后再也不拿起弓了。他的动作很快，渴望终结自己受到的羞辱。这一箭是按照本能射出去的，只是为了结束这一切。他将弓向后拉开，瞥了一眼目标，然后放开了弦。箭正中靶心。

某种神奇的事在他的身上发生了。在那最短暂的一瞬间，弓、箭、他自己，以及目标，全都融为一体了，放出这支箭似乎是他做过的最自然的事情。当它呼啸着奔向目标，他感觉到一种深深的、几乎可以说是神秘的满足感。在他心中，他已经知道自己瞄得很准，必中无疑。

他开始理解老人话中的含义。

从那天开始，他真正地成为一名弓箭手。因为他用自己的灵魂射箭，他的动作是自然而然的，他渴望重现那永恒的一瞬，让箭完美地离开弓弦，世界融为一体。

沉迷其中不能自拔，他阅读了自己能够找到的关于弓箭的所有东西。弓、火的使用和说话的能力,这些是人类历史上三大最重要的进展，有人曾在一本书里这样写道——他肯定是个弓箭手。不过这个人写的是有道理的，因为弓完善了捕猎技巧，赋予了人类生存下来的可能。

实际上，弓存在的历史几乎和人类的历史一样长——10万年。在很长一段时间里，弓都是基础性的武器，甚至比剑和长矛更加常用，直到在17世纪被火药和子弹取代。兰博学习射箭时用的是长弓，它是用一根又高又直的木杆上弦拉弯制成的。这种弓的历史可以追溯到诺曼人在公元1066年的黑斯廷斯战役中击败英格兰人时，这也是那本书里说的。

但是弓还有其他类型，而兰博专门研究了这些类型。在后来的几年里，他真是把它当成自己的专业在研究。在20世纪40年代末，一种早在公元前 1800 年就被亚述人使用的弓的现代变体开始在射箭锦标赛上流行起来。它被称为反曲弓——因为这种弓在上弦后，其上下弓臂末端都朝远离弓箭手的方向弯曲。

它和长弓比较还有一个不同之处，它由三个部分组成——一个把手、两个弓臂，弓臂可以用螺栓牢固地安装在把手上。这种三段式设计让这种弓可以拆卸后放进空间紧凑的容器，便于存放和携带。但是这种三段式设计还有另一个更实用的原因，把手不用弯曲，可以使用非柔性材料如金属制作。弓臂需要弯曲，可以使用柔性材料如木材、玻璃纤维或者两者的复合材料制作。这种构造可以让弓集中更多能量，从而将箭射得更快、更准。

他曾经以为，反曲弓的设计是弓箭制造的顶峰。反曲弓能让他的技巧发挥得更完美，就像他使用长弓的情况一样。但是当他从越南退伍归来后，他发现世界发生的变化比他预计的多得多。正如他在狼穴对默多克说的那样："武器就是这样，它们总是变得更先进。"弓箭从反曲弓开始的新发展就像当初从长弓到反曲弓一样，向前迈了一大步。

这种新型弓被称为复合弓。它和反曲弓一样，也有三段——金属把手和连接在把手上的两个木材玻璃纤维弓臂，但是和反曲弓的相似之处就到此为止了。一方面，每个弓臂的末端都开有沟槽，而且末端的弯曲方向是朝着弓箭手而非远离弓箭手。另一方面，也是至关重要的一点，每个弓臂开有沟槽的末端都安装着一个古怪的凸轮，这两个轮子由一根缆线互相联动，这根缆线又连接在弓弦上。

实际上，出现在弓箭手面前的是三根拉紧的弦，他只需用其中的一根弦拉弓射箭。他再也用不着将弓掰弯上弦了，弓弦和弓缆已经固定在了凸轮上。如果弓箭手将复合弓拆成把手和弓臂，再次组装时只需要将每个弓臂插进把手上的卡槽里，拧紧弓臂螺栓（一定要小心操作，平衡上下两端的压力，上弓臂拧一下，下弓臂拧一下，直到两端平衡为止），当弓臂安装牢固之后，弓缆和弓弦将自动在两个奇怪的轮子上拉紧。

为什么要有这两个轮子？因为当弓箭手拉弓时，这两个轮子就像一组滑轮，可以帮他省力。但并不是一开始就省力的，在将弓拉到 30 英寸时，在前 27 英寸内，弓箭手所用的力和不用轮子时一样，之后他用的力会比不用轮子时大大减少，降幅将近 50%。在将弓拉满至 30 英寸时，本来要用 60 磅[11]的力，现在只用 30 磅就可以了。这让弓箭手在瞄准目标时轻松得多。

这还不是全部的优点。当弓箭手松开弓弦时，弓会更有控制地释放能量，推力从 30 磅逐渐增加到 60 磅，而不是一下子就施加 60 磅的力。

为什么这一点很重要呢？因为一支箭如果猛地受到全部的推力（比如用长弓和反曲弓射出时），它会短暂地对抗这个力。在那一瞬间，它会停顿在原位，甚至会受力弯曲，然后才向前飞去，但是能量被浪费了，推力的施加不够充分。

但是复合弓就没有这个问题，它的名字也由此而来。复合弓上的凸轮会在箭被推出时再次施加推力，箭不会在那一瞬间停顿甚至变形，而是继续受到弓的推力，以当今的技术能够达到的最快、最直的状态向前迅速飞出。

默多克嘲笑了弹弓和长矛，弓和箭。但事实上，复合弓是一件了不起的武器。至于兰博得到的这一把，它被设计得需要 100 磅的力才

[11] 1 磅 =453.59 克。

能拉满弓弦。没有几个弓箭手能做到这一点，不过兰博能，他需要这把弓能够爆发出的全部力量。箭的射速可达每秒 250 英尺，它能在瞬间杀死一个人，可以干掉一头科迪亚克棕熊。

这把弓经过了特别改造。和他的刀一样，它是黑色的（电镀处理，令黑色不会剥落），以免反光引起敌人注意。它的把手是镁的，和铝合金一样坚硬，但是重量轻得多。它的弓臂是两层碳化纤维玻璃夹着一层枫木。

因为把手只有 21 英寸长，弓臂就更短了，才 18 英寸，所以这把复合弓拆卸之后可以装进他从游隼飞机上跳下来时绑在腿上的 22 英寸长的皮筒之中。

他一边看着蔻困惑不解的反应，一边用刀柄护手上的平头螺丝刀将弓臂安装在把手上。他均匀地拧上拧下，来来回回地推动，弓就装好了。

即便是在夜里，黑色映衬黑色，它看上去也很漂亮。

另一个皮筒里是他的箭。它们也是可以拆开的，从中间旋开之后，30 英寸的全长就减少了一半，从而让它们可以和他需要的其他的装备一起装进皮筒。

当他将箭装好，关注着它们的其他重要特征时，他发现自己无法忽略蔻那充满困惑的眨眼。

他终于觉得有必要开口了，言简意赅："比步枪好，没声音。"

"可是……"蔻不再眨眼，只是瞪大了眼睛，惊讶地说着，"这就是你的全部装备吗？"

他猛地转过头，感觉到下面有动静。仿佛一段慢镜头突然变成正常速度似的，一个卫兵出现在右边那棵树上的哨亭里，正在和另一个走在树下的卫兵说话。第三个卫兵从营地中间的那个营房走出来，猥琐地抓着裤裆，而那个妓女骑着摩托车噼啪作响地朝他开过去。

兰博弯着腰，避开通向杀伤地雷的金属丝，蹑手蹑脚地走了过去。

惊恐的蔻在他身后低声说："你不是要进去吧？"

兰博不解地转过身。

"你的照相机呢？"

"丢了。"

"但我接到的命令……我想……你不用进去吧，只拍照片就行了。"

"拍不了。"

"那就看，回去说，间谍们相信你。"

兰博摇摇头说："我得确认。"

"但是命令怎么办？"

命令，这是兰博受到的训练所坚持的东西。

这种训练的基础就是，无论发生什么情况，你都必须按照要求去做。

没有服从和纪律，任务就不可能成功。

陶德曼的声音似乎在耳畔响起："是的，头脑是最好的武器，要时时刻刻依靠它，但服从是强制性的。我们不需要特技演员，不要当冲浪高手，不要当飙车大师。先生们，如果我命令你们拉屎，你们就拉屎，马上。如果你们的第一个动作是脱裤子，我会让你们跑上 10 英里[12]，直到你们明白过来，我没有命令你们脱裤子，我只是让你们拉屎。我们的行动，依赖的就是精确。你们是一部机器，当然，是能够思考的机器，但是你们仍然是机器。在任务的界限之内，允许开动

[12] 1 英里≈1.61 千米。

脑筋耍一些花招，但是你们必须严格按照你们得到的命令行动，因为许多其他优秀的机器要靠你们才有机会活下去。”

兰博的心收紧了，因为害怕（这是他允许自己感受到的唯一一种害怕）会让自己心目中真正的父亲失望，就是这个男人在布拉格堡和可怕的实战考验中把自己培养出来的。

但是在目前的情况下……

陶德曼会罚他跑 10 英里吗，如果……？

他最爱的人，他唯一爱的人，会反对他想要做的事吗？

战俘！兰博从心底发出持续不停地大喊。对我来说，在这里的 6 个月像是永恒。

而他们在这儿待的时间更久！

“当我丢了照相机时……” 他小声对蔻说。

现在轮到她等待下文了。

汗珠从他额头上沁出：“……命令就终止了。”

他感觉内脏在搅动：“现在我考虑的，是人。”

兰博下定了决心，与此同时感觉自己做了不可想象之事，会招来父亲的厌恶。他抓起弓和箭筒，钻进了灌木丛。

8

感觉到蔻跟在自己身后，兰博沿着密林丛生的斜坡往下走，沿途提防着会不会有更多诡雷。

慢点儿，慢慢来，要小心。

再次下到平地，他伏下身子开始爬行。突然，从营地中传出的一声尖叫让他停了下来。可怕的回声还在激荡，他的胃抽紧了。蔻已经爬到了身边。他透过一丛蕨类，紧张地观察着营地，汗珠从他的眼睛旁边滚落。

那声尖叫来自某个战俘吗？他分辨不出。尖叫是真正的国际语言，无论是谁发出的，美国人还是越南人，听上去都一样。

但是他此前见到的 4 个卫兵似乎不觉得这有什么异常之处，他们甚至感到有趣。兰博右边那座警戒塔里的卫兵瞅了一眼在他下面踱步的哨兵，咯咯笑了起来。“他还给过我一些他自己酿的葡萄酒，幸亏我没有喝。”这个卫兵用越南语说。

“我也是，”另一个也笑起来，“上一次，它害得我直胀气，下面放屁，上面打嗝。”

他们觉得这非常好笑。

“而他，那玩意儿会让他做噩梦，他大概以为自己又看到那些大蜘蛛了。”

“我们真该找一只来，扔在他的床铺上。”

他们一起大笑起来。

尖叫声不断从右边的营房传过来，听上去比刚才更加刺耳了，然后逐渐减弱，变成了呻吟。

兰博对蔻做了个手势，让她留在原地不要动。他盯着左边的警戒塔，看到上面有个卫兵的身影，卫兵坐在一条类似竹凳的东西上，身体向后倚靠，穿着靴子的双脚搭在哨亭齐腰高的围栏上。

他朝那个方向移动，穿过蕨类和灌木，来到铁丝网改变方向朝着悬崖延伸的角落。他和这段铁丝网保持平行，同时完好地隐蔽在灌木丛中，顺利通过了警戒塔。对他有利的一点是，这个营地设计成了警戒塔朝里的样式，这是为了防止囚犯逃走，而不是为了防止外人闯入。

在一棵挡住月光的大树的阴影之中，他爬到铁丝网旁，抽出刀子插进木桩和生锈的铁丝之间，用刀背上的锯齿割断金属。从割出来的洞口钻进去之后，他再次趴下，爬到第二层铁丝网。不过在这里，因为铁丝网没有固定在木桩上，而是散开着胡乱卷在一起，所以他能够从卷出来的铁丝环之间挤过去，只需要小心一点，不被铁丝上的倒钩钩住。

在他被囚禁的时候，战俘的营房在左边。兰博手里抓着弓，在黑暗中朝它移动。但是还没等他到达那里，他就知道事情不对劲。这栋房子看上去已经荒废了，藤蔓覆盖着墙壁，百叶窗晃荡着，几块竹板脱落下来，露出一道道缝。

而且这栋房子死一般地寂静。就算战俘们在里面睡觉，他也应该能听到一些动静，小床吱呀作响的声音，梦中的喃喃自语，确切地说是在这场永无止境的噩梦中。

他透过墙壁上的一道缝往里面瞅，禁不住咬紧了牙。屋子里空空如也，只有蜘蛛网和从地板的板条之间长出的植物，一只隐藏在黑暗中的动物从最远最黑的角落迅速逃走。

蔻是对的。这个屋子的状况这么糟，说明营地肯定已经废弃很久了，那些士兵一定是最近才回来的。

但是为了什么呢？

如果有战俘，他们又被关在哪里呢？

兰博蹲在这座营房的墙边，等待一个卫兵经过，等了很长时间，直到士兵离开这片区域。他悄悄地朝营地中间的那排营房摸过去，绕到后面之后，他扶着墙慢慢地站起来，只露出一只眼睛从窗台上往里看。

屋子里是黑的。几个卫兵睡在挂着蚊帐的小床上，他们的步枪架在对面门口旁。一个卫兵发出沙哑的鼾声，鼾声突然停止。他一个巴掌拍在自己的脸颊上，嘴里咕哝了一下，翻了个身侧躺着，又打起呼噜。

房间外面，兰博压低身子蹲在地上。听到从隔壁窗户传出的音乐声，他吃惊地转过身。那是留声机唱片沙沙作响的声音，一支越南摇滚乐队在走调的吉他伴奏下，唱着披头士乐队的《摇摆与嘶吼》（*Twist and Shout*）的越南语版本。一道灯光从那扇窗户照射出来。

他不敢往里面看，怕暴露自己。他干脆完全趴在地上，扭动着身体钻进营房下面 2 英尺高的空隙中，穿过泥巴和蜘蛛网，小心翼翼地提防着蛇。房间里的灯光从地板板条之间的缝隙漏下来，他仰面躺着，眯起眼睛顺着一道裂缝往上瞅。

虽然他看不到整个房间，但也足够了。在他上面是一个越南士兵，一个中士，他刚好从一台老式小冰箱前面转过身，手里拿着一罐……

可乐，兰博看见了。虽然标签上有中文字，但罐子上的商标设计绝不会让人认错。罐子上结着冷凝的水珠。

还有一样东西是兰博绝不会认错的，那个士兵的脸。兰博不由得用力抓紧手中的弓，抓得指关节都疼了起来。愤怒让他的胃感到一阵灼烧，仇恨让他忘记了呼吸。这个又高又瘦的中士，他有一张枯瘦的脸，永远带着讥讽的嘴唇和鼻孔，一双残忍无情的小眼睛，是泰，曾经最喜欢折磨兰博的士兵，他甚至试图活剥兰博的皮，正是这一举动在兰博的胸口和后背留下了那些伤疤。

兰博知道自己不可能弄错。他见过那张脸太多次，它带着难闻的口臭和脏兮兮的牙齿，经常凑到离自己的脸近得难以忍受的地方，他在睡梦中见到过太多次这张脸怪异地斜眼瞅着自己。有时，当兰博的意志力不足以维持他的精神支柱，也就是禅意带来的超脱时，在这里、美国的那座小镇以及那座采石场，他会想象自己将怎样报复这个人，以这种方式分散自己的注意力。

但是过了这么久，泰不是应该被调走了吗？他不是应该驻扎在别的地方吗？

当兰博猜出答案时，内心感到一阵满足。泰，你一定是搞砸了，对吧？不管你干了什么事，都一定很不光彩，以至于你的惩罚是永远待在这个地狱里。

而且如果我有机会的话，伙计，我要加入到对你的惩罚中。

泰用冰凉的可乐罐在自己汗津津的额头上滚了一下，再将它打开，贪婪地喝了起来。泡沫从他的嘴里溢出来，沿着可乐罐往地板上滴。

从地板的缝隙中滴下。

从兰博眼前流过。

一个女人生气地说着话，走进了兰博的视野，是那个从村子里骑摩托车过来的妓女。她用越南语说："嘿，给我留点儿。"

泰将可乐罐倾斜着举在嘴巴上方，停止了吞咽，打了个嗝，然后把听上去空空如也的罐子丢给她："给，剩下的都给你。"

他朝她走过去，把她推到小床上，解开自己的腰带，然后啪的一声关掉灯，留声机继续放着沙哑的音乐，《摇摆与嘶吼》。

9

右边的营房里也没有战俘，只有另一些睡觉的士兵。有个人单独住在一个房间里——指挥官，兰博心想。

但是如果一个囚犯也没有，那这些士兵到底为什么……？

他的视线转移到营地后面的那面悬崖，看见一个黑乎乎的山洞。他明白了。

兰博小心翼翼地靠近山洞，发现洞口用竹栏杆挡着。洞口里面，在散发着霉味的潮湿的深处……

他用力咽下一口唾沫。

5 个美国人。但是，上帝啊，他们看上去就像……

他们就像正在腐烂的僵尸，活着的尸体，身体枯瘦，身上满是疥癣和流脓的溃疡。他们下巴和脸颊上的肉萎缩得让面容看上去像骷髅一样。相形之下，他们的眼睛显得更大了，从瘦骨嶙峋的眼眶里悲哀地向外突出。但他们的衣服并没有因为身体变瘦而变得像是挂在身上的，正好相反，他们穿的是破破烂烂的农民衣服，因为尺码太小而紧绷着，怪异地贴在胳膊和腿上。

其中一个人全身是汗，呻吟着在石头地面上打滚，这是疟疾引发的痉挛。另一个人把自己弯曲成胎儿的姿势，脸埋在膝盖之间。

老鼠在他们之间跑来跑去。

天啊，兰博心想。我知道他们肯定看上去很糟糕，但我绝不会想到……

即使在他逃走之后，在经过6周雨林艰苦跋涉的煎熬，抵达非军事区以南之后，他的样子也绝没有那么糟糕。

他的震惊突然变成了胜利的喜悦。战俘，他能够证明他们的存在，他发现了他们。

他本能地举起刀，想要割断固定洞口竹栏杆的绳子。抓紧时间！他心想，快呀！我要把你们从这儿弄出去！

不过，尽管他们神志昏迷的眼睛朝着他的方向，却没有看到他。

或者更糟糕，就他所知的情况而言，被折磨得模糊不清的意识会让他们把他当成另一个卫兵，也许是又来折磨他们的，而即使面对这种可能性，他们也只是逆来顺受而已。

他不能冒险把他们带出去。如果是那样，肯定会这个叽叽喳喳，那个呻吟哀叹，第三个又会绊倒摔跤。

那样会害得我们所有人都送命的，兰博想道。

或者让我又被关在这里。

而那是他无法忍受的。

但是他必须做点什么。

是的，做让我做的事。找到战俘的关押地点，返回撤离点，向默多克报告。

三角洲部队会把这些人救出来。

因为战俘真的存在！我看到他们了！我可以证明！

证明？他突然想到这一点，皱起了眉头。怎么证明？我没有照相机了。

那我就描述我见到的一切。

那他们会相信你吗？陶德曼会相信，当然。

但是默多克呢？或者下令执行这次任务的委员会呢？

他们首先会责怪我的装备包裹得不够严实。不，他们会说我的话——一个罪犯，一个把那座小镇炸飞的人的话——不够可信。

我需要做点什么，我要弄个什么证据带回去。

然后他听到一个声音。

一声呻吟。

就在他身旁。

很近。

在山洞外面的黑暗里。

10

兰博防备地转过身来，举起手中的刀，但眼前的情景让他又把刀放了下来。在一个猪圈旁边，一个囚犯被吊在竹子做的十字架上，双臂在头顶绑成一个“V”字形。这个角度是经过计算，有意为之的。如果他的两条胳膊一左一右地绑成十字架，那么肌肉的位置和他身体的重量会让他无法呼吸。这样吊起来几个小时之后，他就会窒息而死。

但是现在这种姿势，双臂向上呈“V”字形，会减少他胸口的压力。

他会很痛苦。

但是不会轻易死去。

被吊起来的这个人脸色苍白得像个鬼魂，简直是一具活着的骷髅。在他头顶，捆住手腕的皮带勒进了肉里，血顺着胳膊流下来。伤口会留下疤痕的，兰博知道这一点，因为他自己的手腕上就有以这个姿势吊起来时留下的疤痕。

报复泰中士的另一个理由。

这个人一动不动，但是当兰博伸手去摸他那像扫帚柄一样的脖颈骨，测试他的脉搏时，这个战俘睁开了眼睛。

他目光闪烁，聚焦，慢慢张开了嘴唇。他的左眼周围有可怕的瘀青，肿得老高。“这是……？”沙哑而微弱的声音从他的喉咙传出来。

兰博用一只手捂住他的嘴，另一只手割断竹十字架上的绳索，战俘落进了他的双臂。为了抓住他，兰博不得不将手从他嘴上拿开。

“你……”即便近在兰博的耳边，他的声音也只能勉强听到，“美国人？”

“嘘！”兰博只得冒险再发出一点儿声音，“别说话。”

他将这名战俘扛在肩上——这并不难，这人几乎没有重量——然后弯着腰跑起来。

“还有……其他人。”这个微弱的声音喃喃说道，音量比耳语还低。兰博悄悄经过曾用作战俘营房的那座废墟。别担心，他在心里想。我向你承诺，他们都会被救出来的。

一盏探照灯突然亮起来，掠过营地，照在兰博前方，惊得他阴囊都缩紧了。既然在开阔地陷入绝境，他就别无选择了。他的心脏剧烈地跳动着，放下肩上的战俘，急匆匆将一支箭搭在弓上，拉开弓弦。

他的箭和弓一样高级：箭杆既不是木头的也不是玻璃纤维的，因为前者会在潮湿的森林里弯曲，后者容易破碎。它是用航空铝材制造的，结实而且重量轻，和弓一样电镀成了黑色，所以不会产生反光。它使用的是剃刀一样锋利的四刃箭头，刃上带有锯齿。箭头宽 1 英寸，长 2.5 英寸，也电镀成黑色。箭刃上的锯齿是为了让宽阔的箭头不会在骨头上打滑。这种箭头名为“铜头撕裂者”，能够射进几乎任何东西，它的穿透能力相当于一颗铜皮子弹。

他将箭靠在复合弓把手的无声橡胶衬垫上。

在禅宗里，最强大、最令人不安而且最复杂的人物就是弓箭手，一把即使最强壮的人也拉不开的弓，可以被最脆弱、看上去最不可能做到的僧侣轻松地拉开。经过冥想的训练，使用头脑而非肌肉的力量，坚信一切都并非真实——包括弓，僧侣就能拉开弓弦，并将想象力集中在并不存在的目标上。他放开箭，伴随着让人脊椎发凉的嗡嗡声，箭杆嘶鸣着，噌的一声击中了目标，永远精准，永远带着同样的宗教意义。没有什么是真实的，甚至包括暴力。

树上哨亭里的卫兵被带有锋利倒钩的箭穿透了胸膛，箭杆只剩下柔软的黑色尼龙箭羽（和真正的羽毛不同，它们在潮湿的环境下不会萎缩，让箭失去准头）还留在外面。冲击力如此之强，卫兵甚至来不及叫一声，哪怕是出于条件反射。他的身体向后一歪，看不见了。

探照灯不动了，照着蕨类植物上的一只昆虫。

兰博慌乱地再次扛起那名战俘，在黑暗中朝着铁丝网前进。

但是之前从废弃营房旁边经过的卫兵停下了脚步，他注意到探照灯无缘无故停了下来。兰博看到他眯起眼，先是看了一眼被照亮的蕨类植物，再疑惑地看向别处，然后又看向他们这边。

眨眼间，兰博将刀从手中扔出，飞刀的冲击力不足以消除尖叫，除非……

它击中了卫兵的喉咙。卫兵的声带被切断了，他捂住脖子，眼球向上翻着，身体向后倒下。

兰博赶忙取回自己的刀，当他将刀抽出来时，鲜血从刀刃上滴了下来。

他来到铁丝网前，切割起来，刀上的锯齿割开了没有固定的内层铁丝网。他向外面爬。

但是一盏探照灯突然从对面的警戒塔上亮起，并且正在朝他这边转过来。

上帝啊！

将那名战俘放到地上时，他咳嗽并呻吟起来。兰博马上又将一支箭搭在弓上，施加拉动弓弦所需的100磅力，让箭头上致命的倒刺呼啸着奔向目标。

当探照灯发疯了似的歪向天空时，他知道自己射中了目标。

他也知道探照灯的姿势会让其他士兵警觉起来，还剩下 5 秒钟的时间，也许吧，可以离开这个鬼地方。

11

当蔻透过蕨类植物的叶片窥视营地时，她的心脏猛烈地撞击着气味浓郁的泥土。她觉得自己好像等了 2 个小时了，不过她头脑中的一部分很清楚，这段时间不会超过 15 分钟。当从村子里来的妓女走进中间的营房时，这座营地还和刚开始一样懒散倦怠，但是她清楚地意识到，兰博正在营地中的某个地方搜索，当她看到自己左边的探照灯点亮了划破黑夜的光柱，开始扫视营房时，她的身体绷紧了。当这盏探照灯停止了移动，并突然改变方向，用耀眼的光照射着正下方的地面时，她屏住了呼吸。当她看见自己右边的探照灯猛地亮起来，对着营地的另一侧，然后又莫名其妙地指向天空时，她的脸抽搐起来。

一声惊叫打破了宁静。

一只沉重的靴子踏在她的手臂上，很疼。

她猛地一挣，忍住一声呻吟，抬头往上看，心里害怕极了。

她看到一个迷惑不解但极为愤怒的越南士兵，正端起 AK-47 步枪瞄着她的脸。

这个卫兵扣紧了扳机上的手指，准备开枪。

一声怪异的呼啸声传来，终止于一声闷响，那是伴随着撕裂的撞击声。一只箭突然从他脖子上冒了出来，他仍然站着，箭把他钉在了一棵树上，步枪落在地上。他颤抖着，鲜血从一根动脉向外喷涌。

兰博突然来到她身边，背上扛着一个人，手里紧紧地抓着那把弓。

他猛地朝他们来时走的那条山脊做了个手势，但这个动作并没有必要，蔻已经动身了。

后面的营地传来一声哨响，接着又是一声，士兵们叫喊起来。蔻的括约肌紧紧收缩着，她抓住一根树根，拼命往坡上爬。

尽管处于恐惧和黑暗之中，她还是注意到了一个情况，兰博虽然肩上扛着一个人，但仍然走在她的前面。

12

“记住，上校，”默多克在他身后说道，“你要求一起去，我跟你说了不要去，这会是——原谅我的措辞——你的葬礼。”

陶德曼甚至没有转过身。他满怀愤怒和焦虑，将一把 .45 口径手枪插进别在腰带上的枪套里，从机库走了出来。他刚刚离开的那些设备发出的荧光和外面的月光比起来没有多大区别。

在机库左边，埃里克森和道尔正在揭开那架阿古斯塔 109 型直升机的伪装网。埃里克森钻了进去，然后是道尔。强劲的涡轮机开始旋转起来，尖叫声越来越大，直到变成轰鸣。

陶德曼走上前，钻进直升机，对里面的两个人说：“你们俩等得够久了，现在距离撤离只有不到 1 个小时了。”

“嘿，”道尔嚼着口香糖说，不过虽说是口香糖，根据他呼吸的气味判断，却更像是大麻树脂，“你得面对现实。你知道吗？你的孩子是个很厉害的家伙，我是说像飞侠哥顿一样厉害，但他现在大概在那片林子里洒了一地了。这趟兜风只是给你行个好，你知道吗？”

“我说，你为什么不冷静点儿呢？”埃里克森对道尔说。然后他转向陶德曼说道：“我这个朋友说话太直了，他想说的是我们很可能只是在浪费燃料。”

“我们真正在浪费的是时间，”陶德曼说，“快把这该死的玩意儿弄到天上去，否则我就亲自来开飞机。”

“哇哦，”道尔说，“耐心点儿，耐心点儿。”

埃里克森操纵着直升机离开了地面，陶德曼的胃开始下沉，仿佛坐在一台冲出楼房屋顶的电梯里。

“美好的老越南，”道尔说，“总是在不断送来礼物。”

13

兰博在军队里还接受过军医方面的训练，此时他正在给战俘做检查。战俘突出的双眼陷在空洞的眼眶里，来回地打量着蔻和兰博。

他们是在身后的叫喊声听上去没有威胁的时候停下的，瞅准时机喘了口气，确定自己的方位。

“你们是……”战俘的声音微弱得可怜，“……真的，对吧？”

“没错。”兰博一边说一边拉伸着自己背部的肌肉，缓解它们的疼痛，准备再次扛起这个人。

“对不起，我的意思是……”战俘费力地吸进一口气，他舔舔嘴唇，“我总是幻想自己和别人说话，我的女朋友、我的母亲、我的……父亲。”

“放轻松，别说话。”

“上帝啊，他们现在一定很老了吧？”战俘说话的逻辑突然变了。

“我知道很多人已经不在了，但是这……是真的吗？是吗？你们现在要把我带回家了？”

家，兰博想着，什么是家？

“是的，回家。”

“感谢上帝。”

“你是谁？”兰博问道。

“班克斯，空军上尉。”班克斯一动不动地坐着，难以置信地眨着眼睛，快要流泪了，“谢谢你，上帝啊，你是个奇迹。”

14

他们喘息着在雨林里跌跌撞撞地穿行，从灌木丛里蹿出来，沿着向下倾斜的河岸靠近那艘小船。

看到他们时，京似乎很惊讶。

“你还在等什么？”兰博的声音是嘶哑的，“开动马达，让这玩意儿转起来。”

“钱。”京开口了。

蔻给了他。

“嗯，这就对了。”京说道，然后转过身去，吼叫着对手下发号施令。

发动机噼噼啪啪地转动起来。在夜幕的掩护下，小船倾斜着离开岸边，再恢复平衡状态，顺着水流的方向往前驶去。现在他们是顺流而下。

船员们几乎不能保持平衡，因为他们比之前还醉。他们困惑地看着。班克斯将头倚在一个板条箱上，开口用英语说话。

“我得告诉你，这都是运气。”

“什么？”兰博问道。

“你们来的时候，他们……”班克斯发出一声呻吟，“嗯，他们把我们转移到了很多地方，到处去修路，收割庄稼，1 周前才回到那里。”

“回到哪里？”兰博突然问道。

发动机还在噼噼啪啪地响着，小船加快了速度，在林荫和河水反射的月光中穿行。

“那座营地，”班克斯说，“怎么了？”

“才 1 周？”

“是的。上帝啊，我恨那个地方。”

蔻打断了他们的对话：“你们上一次在那个营地是什么时候？”

班克斯皱了一下眉，缩拢的皮肤让他的表情更加显著。“也许 1 年了吧，嘿，”他突然意识到什么，“现在是哪一年？”

兰博告诉了他。

“不……”班克斯喃喃地说，“不可能……不可能那么久，不。”

“那段时间营地一直都是空的？”蔻问道。

班克斯点点头。

蔻看了一眼兰博，显得很不安。

“是的，我知道你在想什么。”兰博说。

“什么？有什么问题吗？”班克斯喘息着问道。

“你什么都不用担心。”

当然。

你不用担心，只是我们，兰博心想。

“有烟吗？”

“我不抽烟。”兰博说。为了分散自己的注意力，他问道：“那么，你为什么会被吊在十字架上？”

“嗯，我抓住了一条眼镜蛇，你知道……”

“蛇？”蔻惊恐地问道。

“是的，蛇，”班克斯咳嗽起来，“一旦掌握了要点，就不难了，在于手腕，”他似乎有些精神错乱，“秘诀全在于手腕……不管怎样，我干了一件我经常做的事。每当我抓到一条蛇，我都会这么干。”

兰博皱起眉头问道：“你干了什么？”

班克斯咯咯地笑道：“把它放进卫兵的营房。”

兰博瞪大了眼睛。

“哎哟……”班克斯笑得更厉害了，喘着气，“……他们可气坏了。他们把我揍得要死，但是……”

兰博紧张地看了一眼漆黑的河岸。

“……这是一种传统，你应该看看他们吓得跑来跑去的样子。”

“你有一种，”兰博说，“长官们所说的不良态度。”

“是啊，那可不是嘛，”班克斯得意地大笑起来，“上帝啊，我真不敢相信……”他用尊崇的目光抬头看着蔻，“嗨，谢谢你，女士。嗯，别误会我的意思，你有点儿可爱。我已经很久没见过女人了，自从……”

蔻小心翼翼地触碰他瘪进去的脸颊：“请你别说话了，休息吧。”

“但是……你星期六准备干什么呢？”

兰博注意到她使劲咽了一下口水。她朝他这边看了一眼，同情心引起的颤抖让她的军服都抖动起来。

“我给你拿点儿食物，班克斯，”她焦虑不安地站起来，“好的食物，”她撅起嘴假装生气地说，“但是你要慢慢吃，”她伸出一根手指表示坚持，“别把自己搞难受了。”

对她的敬佩差一点儿让兰博咧嘴而笑。

但是一台大功率发动机越来越响的轰鸣打断了他的情绪，他抓起手枪，心脏猛地一紧，怦怦直跳，跳得越来越快。一盏探照灯的光隐约闪现。

烂泥坑

1

无论外面是什么，都不会是敌人的巡逻艇。巡逻艇就已经够糟了，但是这个东西……发动机隆隆的响声让它听上去非常巨大，它的大功率探照灯后面的阴影似乎在向后无限延伸。听到海盗船员们的窃窃私语，兰博抓起弓，将班克斯扛在肩上，朝船舱入口冲去。探照灯在水面上掠过，还没有发现这艘小船。如果他在探照灯发现这艘小船之前钻进船舱，他和班克斯还有机会藏起来，让京像之前一样靠行贿蒙混过关。

但是当他蹲着从船舱入口处的帆布门帘钻进去时，他回头看了一眼，现在隆隆作响的那个东西已经离得很近了，让他能够看出它是什么。不，不是巡逻艇，差得远了。他只是瞥了一眼，但这就足够了。上帝啊，那是一艘美国海军炮艇，船身巨大，月光下映出大炮炮管和机关枪的剪影。但是美国海军已经不再拥有它了，越共在战争中将它打捞了上来，而且他们知道如何操纵它。

在臭烘烘、黑乎乎的船舱里，兰博在蔻的身边停下了脚步，她是来这里给班克斯拿食物的，当她透过门帘朝轰隆隆的发动机的方向看过去时，惊恐地睁大了眼睛。

“这是……？”蔻开口问道。

黑暗加剧了局面的混乱。兰博感到一支步枪抵在自己背上，一只手将他的 .45 口径手枪从枪套里拔了出来。有人将蔻推倒在一个板条箱上，而班克斯则被扔在乱糟糟的地板上，他喘息着躺在那里不动。

“你想知道这是怎么回事吗？”兰博对蔻说，愤怒让他的声音变得嘶哑起来，“京出卖了我们。”

的确，在外面的甲板上，京正在用越南语向那艘炮艇喊话：“这儿！这儿！”他对一个手下咆哮着：“掌住舵！”

京走进了船舱。随着探照灯照射在小船上，兰博看到京的脸第一次没有咧嘴露出笑容：“美国猪！”

京对着兰博的脸吐了一口唾沫，滑腻腻的口水有一股恶臭。愤怒之下，兰博差一点儿扑过去掐碎这个混蛋的喉咙，但是又有一支武器突然从后面抵住了他，一支大口径霰弹枪顶住了他的后脑勺。

“你为什么等了这么久才下手？”兰博问道。

“你们走了之后，他们发现了我们，我和他们做了个交易，比和你们的交易好。”

“哪种交易？”

“比钱好，我的命，美国猪！”他的叫喊声更大了，显然是希望士兵会听到他的声音，“生意就是生意。”他耸耸肩，狠狠地打了兰博一个耳光。

京错了，不是因为这让兰博更愤怒了，而是因为这让兰博有机会随着这一耳光的力量扭转身体，假装自己失去平衡。而兰博当然没有失去平衡，他像舞者一样娴熟地转了个圈，拨开步枪和霰弹枪的枪口，向后一个肘击，打碎了一个海盗的肋骨。然后继续转身，抽出了他的刀，它是如此锋利，一下子就砍掉了第二个海盗的头。鲜血像是从断掉的消防栓里喷出来一样，头颅扑通一声掉落在中空的地板上。霰弹枪也掉在地上，兰博一下把它捡起来了。兰博感觉到蔻已经抓住了那把步枪，便将目光转向逃往门外的京。他扣动了霰弹枪的扳机，在这么近的距离下，狭窄的船舱增加了霰弹枪的威力，京的身体被打成了两截。在一片血雾中，京的上半身向后栽进船舱，下半身似乎又向前跨了两步，倒向船栏。

兰博跨过破碎的尸体，冲出门口来到甲板上。这支霰弹枪是滑动式的，他将一颗子弹推上膛，轰掉了一个海盗的脸。装弹，将另一个海盗从甲板上打进水里。装弹，打碎越来越近的探照灯。

探照灯的玻璃炸得到处都是，黑暗回来了。他听到炮艇上传来慌乱的叫声，还有别的声音，就在他的身后，那是一支 AK-47 步枪连发的枪声。兰博在转过蹲下去的身子准备与海盗交火时，看到船舱的竹墙被击碎，子弹击中了一个抓着斧子往这边冲过来的海盗，他栽倒在栏杆上，掉进了水里。蔻突然出现在船舱门口，端起 AK-47 瞄准着，准备开火。

一声爆炸击碎了小船的前半部分，木板飞了起来，震得兰博倾斜了身体。炮艇开火了。他的耳朵被震耳欲聋的爆炸声震得嗡嗡直响。

“去找班克斯！”兰博对蔻喊道，“把他弄到船边上来！”

他冲进了船舱，当蔻将班克斯拽到甲板上时，他掀开布满油污的木头锁柜的盖子，拿出火箭发射器。他将一枚炮弹塞进管子，将它装备起来。

听见更多交火声，他赶紧从船舱出来，跑向正在向炮艇射击的蔻。

“带上他，跳船！”兰博喊道。

他蹲下身子，往小船后面躲，紧接着第二次爆炸就撕碎了小船剩下的前半部分，水花溅在他身上，小船正在下沉。

蔻将步枪背在肩上，扶起班克斯，挪到船边，浪花一溅，她就被淹没在混浊的水里了。

兰博将火箭发射器扛起在肩膀上，即使四周一片黑暗，但巨大的炮艇现在距离自己这么近地轰隆隆地响着，他绝对偏不了。他扣动火箭发射器的扳机，感觉这件武器在肩上一震，然后看见了身后喷出的尾焰的反光，而在他面前，炮艇的上层构造伴随着一声巨大的轰鸣解体了。黑夜亮如白昼，金属和尸体的碎块满天乱飞。第二次爆炸紧随而至。应该是弹药库，兰博心想。然后是“轰！”的一声，油箱燃起了熊熊火焰。

但是这艘该死的玩意儿一点也没有下沉的意思，像是一艘喷着火焰的鬼船，它就这样直接冲了过来，直到……

兰博丢下火箭发射器，从船舱里抓起弓和皮筒，朝船尾飞奔过去，这时……

炮艇撞在已经被炸烂的小船前部，小船猛地一震，正好为兰博增添了一些助力，让他纵身从船尾跳下。他的脸先碰到混浊的河水，身体斜向下插进了水里，然后他向前游动。即使在水下，他也听到了又一声轰鸣。当他浮出水面时，脸上满是河里的泥沙和浮渣，他闻到了汽油味，刚想转过身去看燃烧的炮艇和小船，他的眼睛突然睁大了，他看到了岸上的士兵。在火光的照耀下，他们一个个目瞪口呆，全都吓坏了。有的人在那里伸手指着，还有人跳进水里，好像希望能找到幸存者。

兰博几乎只露出了半个头，紧张地顺着流水的方向漂流，眼睛始终沿着河岸寻找蔻的身影。

在下游的方向，他看到蔻蹲伏在湿漉漉的浮木后面，藏在一条小溪的入河口。班克斯躺在她身边，她的腿从一些灌木的间隙中露出来。她的胸脯上下起伏，大口大口地喘着气，恐惧而又疲惫。

感到湿透的衣服和靴子的重量将自己往下拽，兰博用一记强力的蛙式静静地向前游去，然后身体就碰到了黏糊糊的河底。他从河里向溪口的浮木隐蔽处悄悄爬过去。

即使在这里，炮艇和小船燃烧的声音也非常大，让他可以冒险低声说几句话。

“你还好吗？”他问蔻。

她垂头丧气，精力都在惊恐中耗尽了：“非常不好。”

“怎么……？”

“我杀人了，失去了许多来世的德行，非常不好。”

“不，那要看你杀了谁，那不是个‘谁’，那是个‘东西’，一个动物。”

仰卧在灌木丛里，班克斯喃喃自语：“这到底是……？”

“因为今天是 7 月 4 号。”

他微弱地咳嗽着：“对啊，我感觉我记得这个。不给糖就捣蛋。”

“我们得走了。”兰博说着拉起了他。

“还是戴白胡子，穿红制服的那天？”

兰博用一边肩膀扛起班克斯，另一只手抓住皮筒和弓箭，挣扎着远离闪烁的火光，朝黑暗的森林走去。

他的肌肉酸痛，大腿僵硬，肺脏拼命呼吸着空气。撤离点，他心想，必须赶到撤离点。

他听到身后传来一声遥远的呼喊，然后又是一声，这一次没有那么远了。

他拼命奔跑。

2

陶德曼坐在埃里克森身后，紧张地抿起嘴唇，看着他操纵这架直升机。它轰隆隆地咆哮着，贴着树梢飞过一片黑森林山谷，随着地形上下起伏。驾驶舱里一片漆黑。

“你不能再开快点儿吗？”陶德曼问道。

“嘿，我已经把这宝贝儿开到150迈了。”

前方，微弱的亮光映衬出远山地平线的轮廓。

“而且，你自己也说了，”埃里克森补充道，“我们必须遵守时刻表。如果我们比预定的时间提前抵达——假设你的‘孩子’还活着，而且也到了撤离点的话——我们就没法帮他的忙了。我们自己也会遇到麻烦。附近的每个越共都会想知道到底是什么事，前来探明我们的身份。”

他们身后敞开的舱门传来空气的轰鸣声，埃里克森几乎是大声吼叫才让陶德曼听见自己的话，陶德曼转过身去。

道尔身上系着一根安全绳，坐在舱门口，双腿晃荡在舱外，强大的气流扑打着他的裤腿管。在他下方，森林已经很近了，看上去模糊一片。道尔的头发飘动着，他朝旁边固定好的M-60机枪斜过身子，拉开枪栓，让它进入战斗状态。他似乎感觉到自己的动作引起了注意，朝前面看了一眼，看到陶德曼正在打量自己。

“进入印第安人的地界了。”道尔咧嘴一笑。

地平线慢慢明亮起来。

3

太阳升得更高了，兰博爬上一个斜坡，他的肩膀因为一直扛着班克斯而疼痛，身上浸透了汗水。

蔻在他们前面分开灌木丛，勘察地形。先是朝他们点点头，接着她再次匆匆前进。

景色惊人地美。他们来到一处悬崖。右边，一面高达百尺的崖壁矗立在河边。河对面，一条小溪从另一面崖壁上倾泻而下，在阳光下闪烁发光，形成一个美丽的潟湖。

不过正前方是一片开阔地，而它比瀑布更美。

因为这片开阔地就是接应区域。

兰博在长满藤蔓的岩石后面找到掩护，他小心地将班克斯放到地上，然后站直了腰，放松肩膀，试图缓解一下严重的肌肉痉挛。他深呼吸了好几次。

但与此同时，他的眼睛一直盯着他们过来时的方向——看着下面的陡坡，看向山谷，以及在灌木丛中穿行的星星点点的士兵，他们的叫喊声在森林里回荡。

好啊，他心想。他不得不夸奖某个人，无论是谁在给他们带路，或许是个村民，或许是个士兵，反正都是个出色的追踪者。15 分钟，不会更久了，到时候他们就会上来。

他慢慢转了一圈，盯着每一处地平线，但是该死的直升机呢？

他仔细看了一眼自己的弓和箭筒，然后目光转移到蔻的AK-47上。

“我现在不需要这些，我说，我跟你换吧。”

“直升机马上就会到。”

“当然，”他耸耸肩，“我敢打赌，但是以防万一嘛。”

蔻把步枪交给他。

他把手里的东西交给蔻。“箭筒里有一颗C-4炸弹，不过不用担心，没有雷管它是不会炸的。”

“我知道，间谍们教过我怎么用它。”

“很好。”

在山谷里，叫喊声又变响了一点儿，追兵更近了。

“好了，”兰博对蔻说，“你最好离开这儿。”

班克斯躺在地上喃喃自语：“什么？你是说你不跟我们一起走？”

“我得到的命令是留在这个国家，”蔻答道，“但是也许……”

兰博疑惑地扬起眉毛。

“……我最好等到最后。帮帮你，也许。”

兰博朝正在峡谷灌木丛中乱窜的士兵们的身影看了一眼。他听不到一点点哪怕是最微弱的直升机的轰鸣声。“最后？这就是最后。”

“但是我想留下。”蔻不耐烦地做着手势，“管他什么命令，现在我有选择了，你愿意带我回去吗？”

他不明白：“回去？回哪儿？”

“美国，如果你愿意，你就能这么做。带我回去，作为妻子。”

对兰博来说，这个词太令人震惊了，他难以消化这种大事，这让他感觉受到威胁，这……

“你不明白，不是和我一起生活，只是帮助我到那里去，亨廷顿比奇，见到我兄弟，”蔻的声音颤抖起来，“更重要的是，见到我的儿子。你离婚，你说我不是好妻子，但我还是美国公民，我能留下来。”

即使对他自己来说，她的借口听上去也没多大说服力。“但我是为战俘来的，我是说……如果我带回去一个妻子，那看上去会是怎样一回事？”

“看上去？”她骄傲地挺直了身体，“让你看上去像是个百分百的男子汉。”

兰博摇摇头，受威胁的感觉更强烈了。

“怎么了？不允许自己有感觉吗？也许内心深处已经死了？我们死得还不够快吗？”她伸手指向生长在森林沼泽边缘的一丛紫色蝴蝶兰，“你看，我的代号兰花，一朵这样的花需要很好的土壤才能长出来。多数情况下，这些花下面的土里都有动物的尸骨或者人的，在森林里被杀死，让土壤肥沃，能长出最美的花，你们叫作兰花的花。很多人死在森林里，越南人、美国人，很多美丽的花。但我希望活着，不要美丽，只是希望……活着，不想死。”

山谷那边传来叫喊声，兰博猛地转过头说道：“也许比你想的还要快。”

蔻就像一个伤心的孩子看着地面：“只是觉得我得问问你。”

然后兰博感觉到了一天之前他觉得自己绝对不可能有的情绪，他自己的心也碎了。

她凑过来，令他吃惊地亲了一下他的脸颊。

更令人吃惊的是，他允许她这么做了，他记不起自己上一次和一个女人这么亲近是什么时候了。她的嘴唇落在他脸上的感觉就像触电一样，她轻柔的呼吸让他的皮肤一阵战栗。

她抓住弓和箭筒，穿过这片阳光照耀的空地，朝着绵延而阴暗的森林走去，她穿着黑色军服的娇小身影变得更小了。

“拜托，伙计，”班克斯说，“你到底有啥毛病？我们带上她吧。”

兰博感觉全身无力，防御的本能反抗着……

“好吧，”他突然说，“留下来，我们结婚，我离婚，你生活在亨廷顿比奇。”

蔻转过身，她本来一直在哭泣，但是现在，她破涕为笑了：“你……你真是个好人。”

“但是你得藏起来，直升机到了再出来。”如果，他心想，如果它能到的话。他还是没有听到它靠近时发出的哪怕是最微弱的嗡嗡声。

蔻点点头，似乎是明白了。如果那些士兵赶在直升机之前到达这里，兰博是在给她一个保命的机会。

“兰博，你不是消耗品。”

“我们很快就会知道了。”

就在这时，他听到了一个声音，模模糊糊，距离他们很远，他的心膨胀起来。世界上再也没有第二种像这样的声音，救援直升机。

当他听到身后紧张的喘息声，转过身去，看到第一个士兵朝坡上冲过来时，他的兴奋到达了顶点。

4

陶德曼焦急的目光越过埃里克森，朝向驾驶舱玻璃罩外的悬崖：“快呀！”

“3分钟抵达接应点。”埃里克森说。他掌握着操纵杆，但是没有按照陶德曼期待的那样顺着悬崖升上去越过它的顶部，而是直接奔向一条峡谷。

“怎么——？”

“这样更快，你不是说你想要快点儿吗？”

他们立即进入了峡谷，两侧的悬崖将直升机的轰鸣反射回来，放大了声音。峡谷就像一个风洞，疾风冲撞着飞机。

陶德曼支撑住自己：“越快越好。”

直升机向前冲去。

在后面，道尔的腿仍然从打开的舱门伸出去晃荡着，他放声高呼：“骑兵来了！”

5

兰博端起 AK-47 步枪，射倒了又一个朝山坡上冲的士兵。他向蔻吼道："到后面去。"士兵们此时已经想到了这一点，他们不再往山坡上冲，而是包抄过来，在森林里找掩护，然后……

兰博一边扛着班克斯穿过开阔地周围的灌木丛，一边寻找能够更好地掩护的半圆形岩石。他又对蔻吼道："到后面去！另一边的森林！要抢在士兵包围我们之前！"

"但是我想和你一起走！"

"这些士兵会在直升机抵达之前先来到这儿！该死的，快走！交易结束了！赶紧离开这儿！"

他蹲在低矮的岩石后面，面对着镶在山坡边缘的灌木丛，他看到右边的远处有一群慌乱的身影。士兵，他们从山坡的另外一边爬上来了。现在他们迅速从灌木丛中穿过，取得了隐蔽在森林中的战略优势。

就这样了，兰博心想，差不多完蛋了。他听到了直升机越来越响的声音。但是它离得太远了，他看不见它，而他的步枪马上就要没有子弹了。

如果没有班克斯，我能够脱身，他心想。但问题就出在这里，他带着班克斯。

而他不准备丢下班克斯。

他向开阔地望去，看着蔻刚才站着的地方。

至少有一件好事。

她按照他说的做了，她走了。

6

直升机冲出了峡谷，被放大的震耳欲聋的轰鸣减弱成更小的难以忍受的噪声，陶德曼盯着下面狭窄的山谷，树梢近得不可思议，他看见又一面悬崖出现在前方。这一次埃里克森选择升起直升机，翻过林木茂盛的悬崖顶。

“它应该……没错，就在我们正前方，”埃里克森用手一指，“那儿。”

陶德曼眯起了眼，心脏怦怦直跳。在远处，一条小溪从峭壁上倾泻而下，从这个角度看不到峭壁的底部。他的目光越过这条小溪，定格在一座悬崖顶端的开阔地上。在开阔地的这一侧立着一面绝壁，左边是一面长满灌木的斜坡，右边更远处是……雨林。

开阔地上升起一团尘土。

又是一团。

然后又是一团，这一次尘土出现在灌木丛中。

埃里克森绷直了身体说：“那到底是什么？”

随着直升机的靠近，开阔地显得大了一些。

“那好像是……”陶德曼皱起眉头。

他看到又一团尘土。它掀翻了岩石，将灌木丛撕裂。

“……一场该死的交火。”

在灌木丛中，他看到一个小点在移动，那是很小的一个人影，他正在扛着另一个人，手里挥舞着一根棍子——步枪？——朝这个方向跑来。

一阵尘土将这个人影掀翻在地。

“那是迫击炮！”陶德曼喊道，“他正在被攻击！上帝啊，那是兰博！他做到了！”

“好啊,我们为什么不帮他一把呢！”道尔叫道。他急忙爬了起来，咧嘴一笑，用 M-60 机枪向下瞄准 :“再近点儿，宝贝儿！”

接应点伴随着每 1 秒变得越来越大，越来越清晰。陶德曼看到兰博用步枪瞄准森林，身体伴随这件武器的后坐力震动着。这场交火的声音完全被直升机的轰鸣掩盖，仿佛静音一般，看上去非常诡异。兰博扛着一个男子，跌跌撞撞地穿过灌木丛，朝开阔地转移。

“但他身边是谁？”埃里克森问道，“不应该会有别……我的天哪，你绝对猜不到……”

“那是个……美国人！”陶德曼说，“上帝啊！向指挥官报告！他发现了一个！他带回了一个我们的人！”

7

默多克在机库里的无线电控制台前踱着步，又看了一眼手表。他们为什么去了那么久？直升机应该已经……

“长官？”一个技术员在他身后说道。

默多克转过身来。

技术员试图让自己的声音听上去不带感情色彩，但他显然非常兴奋。“我收到了机载预警和控制系统的报告，蜻蜓报告称他们看到了兰博，他似乎带着一个……”

“什么？”他脱口而出，“说下去。”

“带着一个美国战俘。”

“什么？”默多克冲向控制台。

“是的，长官。”技术员露出大大的笑容，“他们弄到了一个我们的人。”

默多克的脸震惊得失去了血色。“……我们的人？”他愤怒地转向另一个技术员说道，“指挥站现在立即 B 状态！哈里森！迈耶斯！古德尔！你们所有人！撤！现在！”

那个技术员困惑地盯着他。

“撤，我说了！动起来！现在！”

他们半是恼怒半是糊涂地摘下耳机，凑成一群，一边朝机库的出口走去，一边回头张望。

“不，没有你！”默多克对向他报告的那个技术员说，“回到你的通信情报优先频率！给我麦克风！蜻蜓！”他对麦克风吼道，“这里是狼穴，我是头狼！现在下达一级命令！”

静电干扰在耳机里噼啪作响，埃里克森的声音传来：“收到，头狼。请讲。”

“我要你立刻放弃这次行动！重复！立刻放弃！返回狼穴！”

8

埃里克森坐在冲向接应点的直升飞机里，看着兰博朝着从森林里钻出的士兵又开了一枪，眨了眨眼。刚刚接到的命令让他很困惑，他调整了一下耳机，说道："再说一遍，头狼。请重复。"

"放弃！放弃！"默多克的声音夹杂着静电干扰声传来。

听上去足够确定无疑了。

"收到。"埃里克森说。他转向陶德曼说道："我刚刚得到命令，不能接他们。"

"不能……？他一定是疯了！"陶德曼说，他的脸紧绷着凑到埃里克森面前，表情十分吓人，"确认一下！"

"没有这个必要。相信我，命令很清楚。"

"我不信！"陶德曼扯下埃里克森的耳机对着麦克风吼道，"默多克！你是怎么回事？我们已经看到他们了！我们能接到他们！我们能接到他们！你听到了吗？！"

埃里克森耸耸肩说道："伙计，顺其自然吧，我觉得他不想听。抓紧，我们要拐弯了。"

"你这个混蛋，继续朝前开！"

"抱歉，不能那么做，命令就是命令。"

"相信我，我这也是命令！"陶德曼说。

"伙计，为什么不放松点儿呢？我们不是军队的人，我们是独立承包商。只要是付钱的人，我们就接受他的命令，而现在老板说掉头回去。”

“雇佣兵，”陶德曼撅起嘴，仿佛要唾他一口，“下面有人！我们的人！”

“不，是你们的人。”埃里克森说。当陶德曼握住腰带上的 .45 口径手枪时，他一点儿也不担心。

因为在陶德曼身后，道尔用一把 M-16 步枪抵住了他的头。

“嘿，照我朋友说的做，好吗？”道尔说，“放松点儿，顺其自然吧。如果你总是这样操心，会得胃溃疡的。”

既然局面已经得到控制，埃里克森操纵着直升机调转方向，打算回去喝一罐冰啤酒。直升机距离接应点如此之近，螺旋桨产生的风甚至吹弯了灌木。

9

兰博难以置信地看着眼前的一切。当他将班克斯扛在肩上，在开阔地穿行时，迫击炮把他炸得左奔右突。直升机在下降的过程中突然停止了，距离已经近得让兰博能够看到飞行员耸耸肩膀，挥了挥手。接下来直升机拐了个弯，然后伴随着嗡嗡的轰鸣声，飞走了。

“怎么……？他要去……？”班克斯在兰博的肩膀上呻吟着，“为什么……？”

“他们出卖了我们，我们只能靠自己了。”

兰博放下班克斯，端起 AK-47 沮丧地开了两枪，然后这把枪就因为没有子弹而哑火了，他在心里咒骂起来。

是的，我们被出卖了，好吧。

森林里传出的枪声渐渐减弱，偶尔一两声，但是一点儿也不猛烈。当士兵们从藏身之地恼怒地爬出来时，兰博扔下武器，朝着天空扫视了最后一眼。

他的目光投向正在返回基地的直升机，它渐渐地消失，变成一个小点。

但士兵们靠得更近了，举着步枪，神情愤怒。

而其中最怒不可遏的人是泰中士，他辨认出了给自己造成这么大麻烦的人的脸，正是那个囚犯，多年之前自己用刀子在他胸口和后背留下伤疤后来又逃走的那个人。

一把AK-47的枪托重重地敲在兰博的前额，将兰博打翻在地。在这之前，他满心怒气地想着，如果我活下来……这就是我强迫自己活下来的理由……某个不长眼的一定会付出代价。

10

蔻藏在开阔地远端的森林里，虽然十分隐蔽但近得能看到愤怒的士兵们眉毛上的汗珠。看着自己的男人被包围起来，蔻紧紧地抓住手里的弓和箭筒，指关节都捏疼了。

他刚刚挣扎着撑起身体，就被一个中士踢在他的……她努力在脑海中搜寻恰当的英语词汇……隐私部位，裤裆……

……睾丸。

当他们踢他的背、胸膛和腿时，她的心感到疼痛，她对他受到的殴打感同身受。在哀怜之下，她几乎发出痛苦的呻吟，但是她忍住了，因为她知道她的男人也会忍住的。

是的，她的男人。她感到他们之间有一种纽带，而且她明白了为什么他会在最后时刻叫她离开，不是因为他不想带她回美国，噢，可以肯定，他会带走她的。

而是因为，士兵们在疯狂进攻，而直升机又离得那么远，他不想让她冒生命危险。

他是想救她。

现在，看着士兵们把她的男人拖走，还有那个名叫班克斯的抽泣着的囚犯，她暗暗许下了承诺。

不只是承诺。

一个誓言。

她伸手摸着挂在脖子上的幸运符。

兰博，她的男人，想要救她的命。

她，向佛祖起誓，要救出自己的男人。

11

默多克以下达命令时能够做到的最大程度的礼貌，将一杯苏格兰威士忌砰的一声砸在他小隔间里的桌子上："抱歉，没有冰，不过喝一杯吧。"

"你在干什么？"陶德曼大叫，"你知不知道你到底干了什么？"

"知不知道？当然。但是你有 5 个小时吗，或者 10 个？那我就好好给你讲一讲，关于前政府、历任国务卿，这个或那个秘书、委员会、为委员会筹款的委员会，还有外交关系……"

陶德曼抽动着脸说道："不用着急，慢慢讲，反正兰博现在还在那儿受折磨。"

"上校，我们都是成年人，我们都知道现在的局面。这是一场战争，当然，是冷战。很微妙，但仍然是一场战争，而且很激烈。而在战争中，嗯，总是会有人牺牲的。"

"我的人不会白白牺牲。"

"有时候不会。嘿，别告诉我你忘了溪山。一块毫无价值的地方，但是你……"

"不是我。"

"某个人！……让许多优秀的士兵愚蠢地围攻一座没有人真正想要的土丘，为此白白牺牲，"默多克说，"一座所谓的战略性山丘，和它周围的森林能够提供的掩护比起来，实际上毫无价值。无论是谁计划的这次作战，难道他不记得胡志明在奠边府给法国人的教训吗？牺牲？军队就是要做出牺牲的，所以不要自欺欺人了，上校。而且对于这次行动，不要表现得那么无辜。你是个聪明人，你当然有过怀疑，而如果你只是怀疑但是没有反对，一直到这件事情结束，那说明你也是同谋，不是吗？”

陶德曼将威士忌酒杯摔在墙上，酒杯被摔得粉碎。但是当隔间里飘满威士忌的酒味，默多克的身体并没有退缩半分，这倒是值得赞赏。

“别把我和你这样的渣滓扯到一起！这次任务是个谎言，不是吗？就像那场该死的战争一样！谎言！”

“那都是老黄历了，是政客决定做的事。”

陶德曼盯着默多克那张无动于衷的脸，尽量让自己保持冷静。“好吧。”他深深吸了一口气，“那你为什么要取消行动？”

“我？嘿，不，不是我，我自己也得到了命令。我有房屋抵押贷款，上校。我有老婆和孩子。你以为我喜欢伤害别人？我只是在干一份工作。如果我知道什么是对，什么是错，我就会去当一个牧师了，也许是犹太教的拉比或者福音派的布道者。我更实际，我遵从所谓的聪明人的指令，这些人有男有女。我不想成为一个盲目的爱国主义者，我做上级让我做的事，我对我的部下也是这么要求的。如果你的孩子——要我说是你手下那个疯子——做了要求他做的事，如果他拍了照片，从那里撤出来，我们早就把他接走了，那就不会有任何问题。”

“我要的是一个解释，该死的！”

默多克盯着他。

呼出一口气。

坐了下来。

“情况很清楚，”他说，“非常清楚。如果兰博说他找不到战俘，很好。相信我，没打算让他找到。就我们所知，那个营地是空的，更棒的是，那是他曾经逃出的营地，它有很多象征性价值——勇敢的人冒着生命危险往返地狱——而且是第二次。如果他被抓住了，那么，他只是个私自行动的公民，一个孤身犯险的莽汉。如果他很幸运，真的找到了证据，证据也会在从泰国到华盛顿的某个地方弄丢。无懈可击的计划，清楚明白。没有战俘，国会相信，战俘和战地失踪者家庭联盟相信，甚至退伍老兵也会相信，除了……谁知道那座营地居然又重新使用了？而你的‘孩子’非得逞英雄不可，他不满足于拍照。不，他必须带回来一个纪念品，时时刻刻都在当英雄，所以我必须取消，没有选择。”

“执行军纪，奉命暗杀。”

“胡说八道！情报部门从不这样说！从不！如果他把那个人带回来，你难道不明白会发生什么？我们正在讨论赎金的问题。七二年，当战争快要结束的时候，我们需要付 45 亿美元换回那些美国人。那是几十亿美元，上校。就为了一些脑子已经失常，只剩下半条命的人，对每个人来说都是负担。不可能，就是不可能。”

“所以没有付赎金，”陶德曼说，“而且一直在说同一个谎言，而且也从来没有第二阶段的救援队。”

“如果让一个衰弱的战俘出现在 6 点的新闻节目，你会建议我们怎么做？让战争重新再来一遍？武装入侵？轰炸河内？你真的以为会有人在美国参议院的地板上站起身，要求为几个被遗忘的幽灵支付 45 亿美元吗？你看到最近关于政府赤字的新闻了吗？”

“幽灵？”陶德曼的脊椎都绷直了，“你曾经战斗过吗，默多克？

不要对我说你六六年指挥了哪支部队的鬼话，你最接近战争的时候就是看6点钟新闻的时候。但是他们战斗过，他们的一些好朋友在战斗中死了。相比之下，他们没有死只是因为他们不够幸运。他们可能每天都在发自内心地希望自己可以去死，但他们还不是幽灵，你这个混蛋，而且无论有没有45亿美元，必须有人把他们带回来。”

默多克摇摇头道：“这是不可能的。”

“但愿上帝会拯救你。”

“这次谈话毫无意义，”默多克咽下自己那杯苏格兰威士忌，“我应该知道这毫无用处，试图向一个——怎么说呢——局外人解释。不过你得承认，我尝试了。所以我打算忘记这段谈话，只当它从未发生过。我建议你也这样做，不要再提起这件事，否则你会犯错的。”

“不，犯错的是你。”

“是吗？什么错？”

“兰博。”

12

兰博被吊在一个十字架上，双臂被绑在头顶，落在脸上的击打让他东倒西歪，身体乱晃，视线因疼痛而模糊不清。就在这时，泰中士怒气冲天的脸出现在了他面前。有那么一会儿，泰看上去就像出现在噩梦里的一只得了狂犬病的白鼬。然后，一个阴影从白鼬前面掠过，兰博的视野清晰起来。他看到了一把刀，认出了泰的脸，而混乱的意识让他相信，自己从未从这里逃走，他没有回到美国，那个警察和那个小镇都不是真的，那座监狱也不是，他没有返回越南，他没有再次被捕。所有这些都是幻象，是泰中士坚持要活剥他的皮时自己精神错乱造成的骗局。

但是刀子离得更近了，兰博的视野也更清晰了，让他能够认出这把刀。它不是泰的刀，而是他自己的刀，刀刃呈独特的黑色，刀背上有锯齿，刀柄护手上有螺丝刀。这难道也是幻象的一部分吗？如果他从未逃脱并返回并又次被抓的话，这把刀怎么会是自己的呢？

“多漂亮的一把刀，”泰用越南语说，“给我带了件这样的礼物，你真是个好人，想得真是周到。你一定非常想我，才会这么费劲地回到这里把它交到我手上。”

兰博的意识不再混乱，现在一切都清晰了。太可怕了。直升机飞走了，士兵们包围了他，泰用步枪枪托将他打倒在地。

“班克斯在哪儿？”

泰扇了他一记耳光："班克斯？你是说未经允许就离开的囚犯？他太想他的朋友们了，于是我们最终答应了他的请求，把他送到他们身边。"

"山洞里？"兰博被吊在空中，胳膊疼痛难忍。他眯起眼，目光掠过房屋，朝后面的悬崖望过去。

"暂时的，待会儿我们就会见到他。现在，我们安排好了一场招待。事实上，是一场有教育意义的示范，让他们看看试图逃走会得到什么对待。顺便说一句，我还没有忘，我还记得我是怎么在森林里追你的，追了 3 天。但是尽管你那么虚弱，身体还有病，你竟然跑了。我的指挥官很生气，其他士兵嘲笑我，我的脸丢大了，有时我觉得就是因为这件事，我才从来没有被调出……"——他怒视着雨林，嘴巴大张着，仿佛在挑选能够描述自己周围环境的一个足够糟糕的词——"……这儿。"

一个声音从旁边传来，兰博和泰都转头望去。一个越南上尉从一所房子中走出，朝这边走过来。他的军装整洁笔挺，举止符合军人的刚健气质，似乎是这个营地里唯一决定保持尊严的士兵。

"继续吧，中士。"

"我刚刚解释了程序，长官。"

军官笔直地停在兰博面前说道："我是永上尉。你的名字……？"

兰博没有回答。

"你很快就会告诉我的。关于你的到来，我已经联系了我的上级，他们想要信息。很显然你不是一个人来的，一架直升机本来要接走你，直升机上没有标志。谁在那架直升机里？谁命令你来这里的？"

兰博没有开口。

“你会告诉我的，很快。”

永向泰做了个手势，接着向后退了一步，似乎不想弄脏自己的军装。他擦了擦手。

泰点点头，转向兰博，举起了手中的刀。“也许你想要……？你胸口和背上的疤……？这次不了，我们对营地做了一次改造，我想你应该看看。”

困惑中，兰博感觉到竹十字架被抬了起来，几个士兵压低了一根连接在支轴上的横杆。他的脚距离地面更高了，他被甩到了左边，这个动作加剧了双臂的疼痛。

然后竹十字架停了下来。

兰博被吊在半空，目光向下掠过竭力呼吸空气的胸膛，他看到了……

一个坑，它有 8 英尺宽，10 英尺深。在头顶烈日的照耀下，他非常清楚地看到了坑底。

没有影子，没有任何东西扭曲他的所见，让他产生错觉。然而……

他确信自己的眼睛的确出现了错觉，因为坑底在动。

蛇，这是他的第一个想法。但是他知道，他能够清楚地看到，让坑底动起来的东西不是蛇。

一道波纹。

一起一伏，仿佛土地在呼吸。

几乎像是在冒泡。

这时他才意识到——坑底不是固体的。

他惊恐地扭动着身体，胳膊被拉得很疼。

因为他又意识到了另一点。虽然坑底不是固体的，但它也不是液体的，而是介于两者之间。它是黏稠的，让他想起流沙，想起沼泽里泥泞的沉陷洞，想起……

波纹又出现了，从这边移动到那边的一道波动，还有漩涡。

更多气泡出现在这堆……

烂泥里，他找到了合适的词，只能这样形容它。烂泥，而且气泡不是受热产生的。不，它下面有东西。

从棕绿色的烂泥里，散发出几乎难以忍受的、令人作呕的气味。粪便、腐烂的食物、正在分解的动物尸体、各种各样的污秽，全都堆在一起，任其腐烂、渗透，融为一体，成为一个露天粪池，一个半液态的堆肥坑。

它是有生命的。

它起伏着，波动着，还冒着泡，是因为在它的表面之下有东西。蛞蝓和昆虫，蠕虫和水蛭。

竹十字架开始下降。兰博用力抬着腿，尽可能久地让双腿保持在上下起伏的烂泥上方。他想要尖叫，但是他没有，他不愿意让泰感到满足，而且更重要的是，他需要关闭自己的思维以便消除恐惧，以便假装自己是一张并不真实的轻薄蜘蛛网的网丝上的小颗粒。

但烂泥坑是真实的，他无法让自己相信它不是。没有足够的时间，虽然他抬起了双腿，但它们还是随着十字架的逐渐下降慢慢精疲力尽了，最后垂了下来。他的靴子陷进烂泥，它像布丁一样黏稠——棕绿色的布丁。

但他的皮肤还没有接触烂泥，只是他的靴子，所以他还感觉不到它，只能厌恶地注视着烂泥里越来越多的波纹。

突然，竹十字架将他下降到烂泥里膝盖深的位置，他感觉热乎、滑腻的泥浆裹住了双腿。十字架又下降了一些，他感觉稀烂的泥钻进了腹股沟。他的隐私部位缩了上去，紧紧贴在他的腹部，有些蠕动的小东西让他发痒。

然后他又被猛地下降了一大截，烂泥淹到了他的脖子。有东西黏附在他的胸口上，吸着、叮着、咬着。

在美国，当他逃出那座小镇的监狱，被一群追兵赶进山里，用他能想到的每一种技巧和武器让自己活下来的时候，他曾被迫躲进一个矿井，实际上是被困在那里了。为了寻找另一条出去的路，他向矿井的更远更深处摸索，最终穿过一条黑暗的通道，到达一个大得有回音而且完全漆黑的洞穴。在那里，他站在齐腰深的粪便中，任甲虫叮咬着他的皮肤。随后一大团蝙蝠袭击了他，冲着他的头飞过来，他觉得自己要发疯了，觉得那个蝙蝠洞是他的大脑所能忍耐的极限，觉得不可能再有更糟糕的事情发生在自己身上了。

但是现在他意识到自己错了。起伏波动的烂泥散发的恶臭让他想要呕吐，烂泥里的小颗粒爬到他的身体上，叮着、吸着。他绝望地朝坑顶看了一眼，泰正在那里饶有兴味地看着。求你了！兰博想尖叫，把我拉上来！

但是泰咧嘴一笑，先是挥了挥手好像在说再见，接着猛地在背后做了个手势，兰博全身沉了下去。

黑暗。

情况变得难以言说。兰博竭力屏住呼吸，感觉烂泥钻进耳朵，冲上鼻孔，推挤着嘴唇，他紧紧闭上双眼。压力将眼睛往脑袋里面挤，让他担心它们会像葡萄一样爆开。

他在向下，向下，而他的肺像在燃烧一样，渴望着空气。

他的肉体畏缩着。有什么东西在舔他的一只耳朵的边缘，还有什么东西钻进了一只鼻孔，正在让它扩张。他想用鼻息把那东西喷出来，但是他担心这会让自己条件反射地呼吸，他会作呕，他会张开嘴咳嗽，烂泥会冲进他的喉咙。这些生物会进入他的身体。他会淹死。

他的思绪摇摆不定，再也无法忍受。呼吸，必须呼吸。他挣扎着，但是被束缚的手无法拂去胸口、脖子和嘴上的东西。随着他的意识由于缺氧而逐渐模糊，感觉系统也开始关闭了。他仿佛是在噩梦中移动，一直在原地行走，哪里都去不了。

然后，烂泥坑和其中的动物终于不再是真实的了，他抵达了终极的禅宗境界，死亡的门口。接下来，他隐约感到自己被猛地一拉，他突然感觉紧闭的眼皮外面出现了微弱的光，胸口上的压力减小了，烂泥从身上滴下来，空气吹在脸上。随着十字架被猛地拉上来，他喷了一下鼻息，排出了那只爬进他鼻孔的蛞蝓。他用肩膀摩擦耳朵，压碎了一只蠕虫。

然后呼吸。噢，上帝啊，他可以呼吸了。

“还想再来吗？”泰咧嘴笑道，“也许你现在愿意回答上尉的问题了吧。”

“去你大爷。”

泰旁边的永上尉恼怒地梗直了脖子。

“我应该警告你的，”泰说，“上尉不喜欢脏话，我觉得我应该让你在下面多待一会儿。”他向卫兵做了个手势。

竹十字架开始下降，兰博向下瞥了一眼在胸口上扭动着吸血的肝脏色的水蛭，知道这一次他会死的。

或者发疯。

然后回答他们的问题。如同地狱。

就在这时，一架休伊直升机越过一座悬崖，轰鸣着出现在兰博的视野之内，兰博兴奋地紧张起来。美国人！他们没有抛下我！他们在接应点看到了士兵，回去叫了另一架直升机过来增援。

他的靴子距离烂泥更近了。

真见鬼，快呀！如果他们把我扔进去，你们会找不到我的！我会在你们找我的时候淹死！

休伊直升机的身影越来越大，嗡嗡作响的轰鸣声也越来越响，当它在营房前面的空地上着陆时，尘土飞扬，灌木也被吹弯了。兰博知道，三角洲部队随时会从里面跳出来，步枪点射，机枪扫射。

但是他们为什么要等到落地才开始射击呢？

两辆运输卡车吼叫着颠簸地冲进营地大门，然后发出刺耳的刹车声，停在离直升机较安全的一段距离之外。卡车后面的护栏砰的一声打开了，从一辆卡车里跳出 15 名越南士兵。

从另一辆卡车里，跳出了更多士兵。但是这一批士兵有所不同。

现在兰博明白这架休伊直升机为什么没有向营地开火了，从第二辆卡车里下来的是苏联人。他认出了他们黑色作战服上的徽章，他们属于苏联空降兵，是精英部队。

绝望笼罩了他。休伊直升机的侧门滑开了，螺旋桨哀鸣着慢慢停止了转动。更多苏联人出现了，3 名苏联空降兵部队的士兵。

还有 2 名中尉。

苏联士兵们立刻排好队列，立正，敬礼。两个军官用挑剔的眼神看着他们，从他们身边走过。兰博被吊在烂泥坑上方，臂膀拉得生疼，害怕越南人会把自己丢下去淹死，但是他仍然禁不住注意到越南人和苏联人在军纪上鲜明的反差。也许，那个军装笔挺、做着洗手姿势的永上尉希望在一支更好的军队里服役。

这两个苏联军官的块头都很大，眼睛放着寒光，看上去像是行走的魔鬼。兰博心想，当然，当你足够在意时，你就会派最好的人手。

两个军官盯着兰博的这个方向，厌恶地停下脚步。其中一个向永上尉打了个响指，命令他过来。虽然永上尉的军衔比他们高，还是毕恭毕敬地迅速走到他们身边。

兰博听不见他们说的话，但能看出他们的手势是愤怒的，不耐烦的。永上尉不停地点头哈腰，突然转过身来，大声喊道："中士，把犯人从那儿弄出来！"

泰很清楚，这道命令不容争辩。在15秒之内，兰博站在了地上。他的腿在晃动，向下滴落着烂泥，站在烂泥坑旁边美妙坚实的土地上。

两个苏联军官走过来，上下打量着兰博，发出一声厌倦的叹息。"这些人太……粗糙了，"金发碧眼的那个军官用英语说，"太下流。"他注意到了兰博的刀，它插在刀鞘里，别在泰中士的腰带上。当他将刀刃抽出来时，他赞佩地点了点头说道："另一方面，这个不粗糙。"

他靠近了几步，用刀在兰博胸膛上正在吸血的肥大水蛭之间划动着，兰博猜测那里应该有20条水蛭。用一个漫不经心的动作，苏联人将剃刀一样锋利的刀尖放在兰博脖子旁边靠近颈静脉的地方轻轻一划，割下一条水蛭。兰博感觉钢铁碰到了自己的血管。像个技术高超的外科医生，苏联人用手指轻轻一拂刀刃，将水蛭扔到了地上。

"他们缺少同情心，"他说，"但是我们……我应该介绍一下我们。这是雅辛中尉，我是波多夫斯克中尉。我还不知道你是谁，但我会知道的。"他转向泰和其他两个越南士兵说道："他太臭了，把他弄干净，然后把他带到……"他指向中间的那排营房，"……里面。"

13

在营地后面的山洞里，班克斯透过竹栏杆看着苏联军官迈步离开坑边。越南人割断将兰博绑在十字架上的绳索，往他身上浇了一桶水，然后把他拖走了。

在班克斯身后，一个病弱的囚犯喘息着说："你逃走的时候，我们都在为你鼓劲儿呢。"

"下一次。"班克斯说。

"当然，"这个回应显得不是很确信，"下一次。"

另一个囚犯咳嗽起来，接着又是一阵剧烈的咳嗽："班克斯，你被俄国人折磨过吗？"

"有过。"

"嗯，那你怎么办呢？我是说，你怎么才能守口如瓶呢？"

班克斯阴郁地盯着中间的那排营房说道："希望他们失手杀了你。"

坟墓

1

当两名卫兵把兰博拽进营房里的一个临时办公室时，他感到背后有一只手狠狠推了自己一把。兰博闻到泰中士又脏又臭的呼吸，一个趔趄向前扑去。

泰踢了一下他的脚踝，卫兵一放手，兰博摔倒在地板上。为了支撑倒下的身体，他伸出手臂，擦破了手。

苏联人认为泰的行为也很粗俗。

“不是地板上，”波多夫斯克说，“椅子。”

泰迅速做了个手势，两个卫兵把兰博拉起来，按在一把椅子上。

保持冷静，兰博心想，现在还没到我的回合。

他瞪着苏联人，瞪着泰，瞪着卫兵。这个房间很小，吊在天花板上的一个光秃秃的灯泡发出微弱的光。在一张金属桌上，一副麦克风和一台无线电发报机引起了他的注意。

“谢谢你，中士。你可以走了。”波多夫斯克说，“不过，请留下一名卫兵。”

泰眯起眼，感到非常沮丧，但他还是照办了。15 秒后，他和另一个卫兵走了。

通过打开的窗户，兰博看到外面开始出现影子。

波多夫斯克斜靠在金属桌上。他虽然和另一个军官一样高，但体重要轻一些。他戴着金丝边眼镜，伴随着机敏，甚至可以说是敏感，但最贴切的形容词还是精于算计的气质，看上去就像一个典型的银行行长。

雅辛就是另一回事了。他留着威风凛凛的小胡子，剪短的头发像是一把板刷。他的面部特征就像共产主义雕塑一样宽阔方正，暗示了北欧－蒙古－切尔克斯的混血血统。肩上的一枚松树徽章说明他是一名哥萨克侦察员。

短暂的沉默之后，波多夫斯克拿着兰博的刀走了过来，用它指着兰博胸口上的伤疤："我知道你对痛苦并不陌生，也许你从前和我的越南同志们打过交道？"他等待着兰博的反应，"不回答？没关系。永上尉已经告诉我了，你在这里做过客。我的问题只是为了……怎么说来着……破冰。"他觉得这很有趣，"你们是这么说的吧？也许你会告诉我你的名字。这有什么关系呢？一个名字而已。"

兰博盯着地板。

"好吧，"波多夫斯克说，"对于一段亲密的关系而言，这是多么糟糕的开始。我向你保证，到了明天……或是后天……你就会把对情人都不说的事统统告诉我了。"

你就像国内那帮人一样无知，兰博心想，情人？我不想要情人。

但他立刻不安地想起了蔻。她在哪儿？她成功逃脱了吗？

"你肯定知道抵抗是毫无意义的，"波多夫斯克说，"从长远来看，对于情报工作，痛苦是糟糕的代用品，不过让我们开始吧。你是否直接为美国政府工作？你的当地联络人是谁？你的基地在哪儿？救援其他囚犯的安排是什么？等等。我有很多问题要问，你会直率地告诉我这些事吗？"

兰博看了一眼窗外拉长的的影子。

“当然，你不会，”波多夫斯克说，“但是作为一个遵守道义的人，我觉得必须先问问你。你需要明白的是，我们必须审问你。我们没有别的选择，对于我提出的问题，我们将找出答案。”他用兰博的刀指向他同伴轮廓清晰的脸，“在这位雅辛看来——他的话不多，你注意到了吗？——你只是一块肉，实验室的一只动物，一个实验品。然而，对我而言，”波多夫斯克用刀轻轻拍了拍自己的军装，“你是一个和我相似的同志。但是我们当然不同，你在政治上和命运上和我截然相反，这就是生活。我知道你对国家的忠诚促使你来到这个人民共和国解救你的资本主义战争罪犯。这当然是错误的。对于忠诚，我是欣赏的，无论是怎样错误的忠诚。但是这种情况，也就是眼下你被抓住的这种情况，实在是尴尬。你必须理解，我们必须得到一个解释。在你回答我的问题之后，我希望你用那台无线电呼叫你的总部，说你没有发现囚犯，说你的行动失败了，你会这样做吗？”

波多夫斯克拿起了麦克风。

兰博继续盯着窗外正在延伸的影子。

“好吧，”波多夫斯克说，“原谅我让你感到厌烦了，有时候我太急切，我走得太快，跳步了。你们在美国是这么说的吧？跳步？就连这个问题你也不愿意回答？你希望用痛苦检验自己的力量，非常好，我觉得我的朋友已经不耐烦了，我不想让他失望。雅辛，开始吧。”

那个黑头发、留着胡子的哥萨克侦察员走上前来。他好像在微笑。很难判断。最能引起兰博注意的，是他手里拿着的那些夹子。

2

夜晚。

听见一辆保养不佳的本田摩托车像放屁一样的噼啪声时，大门岗亭里的卫兵正在翻阅一本黑市翻译过来的、特别下流的美国垃圾黄书。他抬起头，看见一盏前车灯正在靠近自己。摩托车停在他面前时还在噼啪作响，卫兵这才看清，眼前是一个穿着性感紧身裙的女人，戴着一顶苦力帽，好像是直接从他刚刚读的那本书里冒出来的一样。

“两路？”他假装考虑,但他已经知道答案会是什么。出于优越感，他甚至砍了砍价，但是如果她坚持，他决定付给她她要的价钱，本地行情当然在改善。摩托车上的这个姑娘看上去如此单纯，光是占有她这个想法——两路，他记得她是这么说的，但他怀疑自己能否做到——就让他差点儿在自己的军装里射精了。

是啊，这个夜晚当然在改善，他甚至一次也没有听见正在营房受刑的囚犯发出的尖叫声。

很快就会有了，他心想，是的，非常快。

姑娘做了个下流动作，用一根食指插入另一只手的手指卷成的圈里，充满暗示地扬起眉毛。当他打开大门放她进来，她的摩托噼啪作响地逐渐远离时，他咒骂起来，因为他把自己的裤裆弄脏了。

3

蔻因为自己对卫兵说的那些话感到十分恶心。她骑着摩托车沿着小径向营房驶去。这辆吵闹的摩托车是她从附近的村庄偷来的，她身上的紧身裙和苦力帽也是偷来的。除了偷东西的风险，她还克服了一项更大的风险。那个色眯眯的卫兵放她进来时没有问绑在摩托车最后面的那个皮管子是什么。那里面装着兰博的箭筒和拆开的弓。如果卫兵问起来，她会告诉他那个管子里装的是国外用来走第三路用的工具。但是如她所料，卫兵没有问，他被她加在第一路上、新发明的复杂玩意儿占据了注意力。

她向营房中发出的微弱灯光靠近，摩托车噼啪作响，但是在这噪声之中，她仍然听到了一声突如其来的可怕尖叫。

兰博的尖叫。她的心愤怒地跳着，因为他是她的男人。无论是什么引起的，她都知道让他尖叫的原因一定超出了任何人类的忍受力。不管是谁干的，她一定要杀了他。

4

兰博站立着，手腕被绑在斜靠着墙的金属弹簧床垫上，控制不住地发抖。这种动作不涉及任何个人意愿，他的反应是条件反射性的、痉挛性的，就像连接着电极的青蛙——因为他被连接在电线上，而电线通向一台发电机。

而这还不算完。在阴暗的背景中，雅辛冷漠而又着迷似的操纵着发电机，波多夫斯克将兰博的刀插进了一盆发出炽热红光的木炭里。

“如果我们不能好好聊聊，”波多夫斯克说，“那就太令人沮丧了，非常令人沮丧。再说一遍，我的第一个问题，你叫什么名字？”

兰博被绑在直立的弹簧床垫上，肚子上用胶带粘着一块平装书大小的黑色金属板，从金属板上伸出的电线连接着发电机。随着电流渐渐减弱，兰博停止了尖叫。之前雅辛在他身上浇了些水，现在这些水和大滴的汗珠混在一起，滴落在他脚下湿漉漉的木板上。他的眼睛仿佛属于某种发狂的动物，盯着窗外的夜色，看到一辆噼啪作响的摩托车的前车灯照射出的光柱一扫而过。他咬住嘴唇，决定下一次不再叫。

“还不够？”波多夫斯克问。他丢下炭火里的刀子，愤怒地转过身，又往兰博身上浇了一桶水。“再来！”他对雅辛说。

电流猛地通过他的身体，灼烧着黑色金属板和肚子接触的地方，让房间里充满了皮肉被烤焦的臭味，让他身体的每一处神经和肌肉都在痉挛。羞耻的尿液顺着腿流了下来，他无法控制自己的反应。

尊严不重要，举止不重要，痛苦才是重要的，于是他抽搐着。尽管他竭力控制自己不要尖叫起来，但还是一直叫个不停，直到他以为自己的声带要裂开了。

强大电流的干扰让头顶上方的灯泡忽明忽暗。

雅辛关上开关。

兰博精疲力竭地吊在弹簧床垫上，身体起伏着，颤抖着，大口喘息。“同志，”波多夫斯克耐心地说，“你一定能看出这有多无聊了吧，我到时间就该离开这儿了，而你……肯定有你更愿意做的事。”他拍拍自己外套口袋里的某样东西，“噢，对了，我差点儿忘了，这儿有一件你可能感兴趣的东西。”

他从军装里拿出一张纸，展开它，拿了过去，把它举到兰博因痛苦而怒睁的双眼跟前。

“一份电文抄本，是接应小组在那座山上丢弃你时，你们的直升机飞行员和他的指挥官——代号头狼——之间的对话。你能透过眼睛里的汗水看清吗？不能？那就让我好心地念给你听吧。我相信你会感激我们操劳过度的密码破解人员的努力，对于共和国，他们的献身精神令人难忘，他们成功地拦截了你们的间谍卫星发出的信息，还将信息破译了出来。”

波多夫斯克扶了扶眼镜，看着这张打开的纸。

“嗯，让我看看，没错。‘蜻蜓……狼穴。’有趣的名字。我猜这些名字对你来说是有含义的，但是请让我来到精彩的部分。‘头狼，我们看到他们了。上帝啊，是兰博。’除了那个宗教称号不谈……嗯，你现在必须意识到我已经知道了你的名字，兰博，而且我还知道其他问题的答案。所以你瞧，你如此令人钦佩地承受的痛苦都是毫无必要的，你本可以为我们省下许多时间和精力。啊，我不该打断自己，让我继续念吧，另一段精彩的部分。‘上帝啊，他带了一个人，他弄出来了一个我们的人。’翻译不太严谨，但是你能听出精髓。这里是最精彩的部分，来自狼穴，来自头狼。‘立即放弃这次行动，返回基地。’”

波多夫斯克以夸张的优雅风度将那张纸凑近到兰博眼前。

“‘放弃，返回基地。’哎呀，哎呀，如果我说错了就纠正我。似乎他们打算抛弃你，直接下令抛弃你，这就是你用沉默保护的人吗？”波多夫斯克的声音显得很惊讶，“用你的痛苦？忠诚是多么能够误导人呀？你不觉得跟他们扯平会更好吗……会让你感觉更自在吗？在无线电上对他们说吧，谴责他们，让全世界知道他们犯下的罪行。”

波多夫斯克的微笑是友好的，吸引人的。“然后我们可以给你医治，给你像样的食物、睡觉的机会。不是在这个猪圈里，当然不是，在我们设施优良的医院，就设在金兰湾军事基地。”

兰博扭开脸，看向窗外的黑夜。

波多夫斯克叹了口气，说道：“还不够？很好。既然你愿意，你可以继续尖叫。没有什么好尴尬的，在这个房间里，没有羞耻。”

波多夫斯克打了个响指，雅辛拧开发电机的开关，兰博突然感到剧烈的电流通过他被蹂躏的、抽搐着的神经系统，他真的叫了出来。

长长的、撕心裂肺的叫声。

波多夫斯克跟着他一起叫。“对！”他感到兴奋起来，眼睛睁得大大的，腹股沟膨胀起来，“对！你必须尖叫！你必须！没有羞耻！”

5

在外面的夜色中，天上开始下雨了。兰博那拉长、嘶哑、越来越大的尖叫声穿过整个营地，在崖壁上反射出可怕的回声，让士兵们纷纷扭头看向中间的那排营房。薄雾变成了宜人的蒙蒙细雨，温柔地落向地面，在树叶之间沙沙作响，让建筑的波纹铁皮屋顶发出空洞的击打声。看不见的乌云卸掉水分，蒙蒙细雨变成了雷声轰鸣的倾盆大雨，带来了一丝微风，和刚刚令人难受的闷热比起来，让人感觉凉爽多了。树枝晃动着，哨兵们寻找避雨的地方，大雨重击在金属屋顶上的声音掩盖了兰博的叫声。

在右边那排营房的一个房间里，蔻从她刚刚杀死的士兵背后的肾动脉中抽出刀子，松开捂住他嘴巴的手，让他抽动的身体跌倒在地板上。他的头重重地砸向木头。蔻顾不上沾在她偷来的挑逗裙装上的血，用刀割短裙子的边缘，让膝盖露出来，从下往上割开一条缝，一直割到大腿的高度。她抓起死去士兵靠在墙上的 AK-47 步枪,关掉灯，打开房间的门。

外面的雨下得如此密集，让她看不见警戒塔。

很好，塔上的卫兵也不能看到她。

她小心地关上身后的门，一转身就被大雨淋透了。她蹑手蹑脚地走向偷来的本田摩托车，摸索着她藏在营房旁边的灌木丛里的箭筒和拆开的弓。她从摩托车的一个小袋中掏出一把螺丝刀，按照她看见她男人做过的那样，将弓安装起来。

她的男人。她突然惊恐地抬起头，但不是因为她自己，而是因为在这轰鸣的雷雨声中，她发现兰博那可怕的尖叫声停止了。

她愤怒得毛发都竖起来了。她的男人，要是他们杀了他……！

6

闪电在窗外划过，黑夜瞬间变成白昼，亮得人睁不开眼。然后黑暗又回归了。雨一直下。

兰博瘫软地吊在靠墙的弹簧床垫上。他的脸因为痛苦显得憔悴不堪。他的肌肉因为痉挛的折磨松弛下来。他不知道自己还能承受多少伤害并且仍然活下来。

波多夫斯克看来和他想的一样，一脸担忧地走了过来。

兰博积攒起足够的力量才抬起了头。他的视线是模糊的，但是他能看到波多夫斯克咧开嘴笑了。

“很好，你还活着，了不起。你很强大，是我见过的最强大的人。”波多夫斯克的笑容慢慢消失了，“但事实是，你也快要死了。为了什么呢？用你的生命保护那些背叛你的人，这值得吗？我看不出有什么意义。用无线电通个话吧。好吗？请吧？”

门砰的一声打开了，兰博扭脸看过去，波多夫斯克也转过了身，一个水淋淋的身影从雨里扑了进来。

不，兰博意识到视线模糊不清的眼睛欺骗了自己，不是一个身影，是两个，一个人推着前面的另一个人。泰中士推着班克斯，用缠绕在班克斯脖子上的一根细电线控制着他。泰毫无必要地一拽，班克斯被勒得喘不过气来。

“你看我多么友好，”波多夫斯克对兰博说，“我安排了一次重逢。”

雅辛从发电机旁边走过来，示意泰站到一边去，然后恶狠狠地将班克斯摔到兰博左边的墙上。

班克斯呻吟着倒了下去，在地板上瘫成一团。

“开口说话，”波多夫斯克说，“服从要求，那样做就会轻松得多，痛苦也会少很多。否则，你很快就会知道后果。”

他又向雅辛点点头，这一次雅辛将兰博的刀从炭火里拿了出来，刀刃发出红光。像举着信号灯一样，雅辛拿着刀走近了兰博，将炽热的刀刃慢慢地、冷酷无情地朝兰博的眼睛伸过去。

热和光让兰博试图扭开自己的头。

但雅辛用另一只手凶狠地握住了兰博的下巴，强迫他看着刀刃，它灼热的光从雅辛的眼睛里反射出来。

“他要给你留个纪念品。”波多夫斯克说。

雅辛立刻将炽热的刀尖按在兰博的左脸颊上，皮肉嘶嘶作响，肉被烧焦的气味充满了房间。兰博疼得剧烈扭动，但却没有尖叫，在心里想象着那块被烧焦的三角形伤口是如何冒着烟的。

“通话吗？”波多夫斯克问道，“不？还不够？刺进他的眼睛。”

当兰博猛地将头往后一甩，撞在弹簧床垫上时，雅辛却令人费解地后退了。

兰博突然明白了，波多夫斯克说的不是他的眼睛！不，他说的是班克斯！

泰中士猛地拉起班克斯的头，雅辛朝他走去。“如果你的命什么都不值，”波多夫斯克说，“也许你朋友的命值点儿什么。”

雅辛在班克斯面前停下脚步，泰紧紧地抓住囚犯的头，雅辛开始用刀子炽热的尖在空中画圈。这个圈渐渐缩小了，火红的刀刃靠近了班克斯的右眼。

“你会，”波多夫斯克说道，“你会说的。”

更近了。

兰博剧烈地扭动着身体，心中满是绝望。

“是的，”波多夫斯克涨红了脸激动地说，“你会的。”

刀刃就要刺穿班克斯的眼睛了。

“什么都别说！”班克斯喊道，“让这帮杂种来吧！”

但是刀刃靠得更近了，兰博愤怒地战栗着，想象眼睛会怎样突出，冒着热气的液体会怎样迸发出来。

“说吗？”波多夫斯克问道。

兰博浑身瘫软地点点头。

雅辛拿着刀向后退，泰放开了班克斯，让他重重地倒在地板上。波多夫斯克露出微笑：“好极了，我们终于取得了进展，我为你的智慧鼓掌，只有傻子才会为失败的事业送死，或者让一个朋友送死。”

他走到金属桌前，打开了无线电发报机：“我们的专家找出了频率，但我相信，你知道合适的发报密码。对吗？”

兰博又点了点头，心中满是愤懑。

“不要！”班克斯喊道，“这帮杂种不会让我们——！”

“闭嘴！”泰一脚踢在他的脸上，踢裂了他的嘴唇。他昏了过去。

兰博感同身受地抽动了一下脸，并强迫自己转移视线。

波多夫斯克拿起麦克风说道：“你要说自己的名字，然后宣布你作为间谍被逮捕了。你要宣布这次行动失败了，而且所有行动都会失败，告诉他们别再企图采取这种敌对行动，谴责他们的战争罪行，明白了吗？”

兰博再次点点头。

“开始吧！”波多夫斯克打开麦克风，将它递到兰博因疼痛而扭曲的嘴唇旁边。

兰博费力地呼吸着，进入这个房间之后，他第一次开口说话了。他的声音断断续续，粗糙嘶哑。“2-20，50-6。独狼……”他不得不咽了一下唾沫，好让喉咙发出声音，他咳嗽着说道，“……呼叫狼穴。收报。”

7

在机库里，陶德曼一脸阴郁地看着地图。泰国、老挝……还有越南，兰博被抛弃的地方，只有上帝知道他正在承受着什么。

或者他是否还活着。

在陶德曼周围，技术员和军人正在急匆匆地打包装备，将板条箱装进游隼喷气式飞机和阿古斯塔直升机里。其他直升机很快就会到。“打包，搬走。”默多克已经发出了命令，而他们迅速地服从了命令。

但这不算完，陶德曼心想。当我回到美国，我要把默多克的耳朵钉在墙上。

在技术员打包装备弄出来的噪声中，陶德曼突然听到无线电里传来微弱而嘶哑的声音。

“2-20，50-6……独狼……”一声痛苦的咳嗽，“……呼叫狼穴。收报。”

陶德曼下意识地抽搐了一下，猛地放下那杯一直端在手里还没来得及喝的咖啡，转向无线电操纵台。

“独狼呼叫狼穴。听到了吗？完毕。”

陶德曼不是唯一突然被吸引住的人。技术员、军人、埃里克森、道尔，他们全都呆住了，然后将视线投向那台无线电。

“2-20，50-6，我们收到了，独狼！”无线电话务员对着麦克风脱口而出，“你在哪里？完毕。”

从眼角的余光里，陶德曼注意到一个模糊的身影在移动。朝那边扫视过去，他看见默多克出现在他办公室的门口。

“到底怎么回事？”默多克问道，“你们这些人为什么没有在打包？”

“长官，是兰博，”无线电话务员说，“他正在报告。”

默多克的身体不由自主地往后退了一下：“兰博？不，那不可能。”

8

兰博的身上流着汗，双臂仍然被绑在弹簧床垫上。他又咽了一口唾沫，心怀怨恨地盯着波多夫斯克递到他嘴边的麦克风。

一个声音打破静电干扰，从无线电里传来："我们收到了，独狼。你在什么位置？完毕。"

兰博没有回应。

那个声音更急迫了："你的位置是什么，独狼？完毕。"

波多夫斯克低声说道："如果你不回答，你的位置就是死亡。"

雅辛走了过来，手里转动着那把刀。

9

陶德曼再也忍受不了等待了，他不耐烦地从话务员手中抢过麦克风说道：“约翰，我是陶德曼！你到底在哪儿？”

静电干扰的噼啪声。

“约翰，请回答！”

更多静电干扰声，一声呻吟，一个嘶哑的声音。

兰博的声音，陶德曼激动地想着。但是声音里的虚弱和疲惫让他不安。

这个声音只说了三个字。

“默多克。”

机库变得更加安静了。技术员面面相觑，皱着眉头。在后面，埃里克森看上去无动于衷。他起身去拿啤酒，打破了沉默的僵局。

但是默多克僵住了，脸上充满了矛盾复杂的情绪。紧张，困惑。随着每个人都看向他，他显得很不自在。

“默多克在这里。”陶德曼眯起眼睛，将麦克风递给他。

默多克一脸凝重地握住了它。环顾四周，发现每个人都在盯着他，他强撑着在脸上挤出一个笑容——一个吃了屎一样的笑容，陶德曼心想。

“兰博，”默多克用愉快的语气说，“我是头狼。我们很高兴你还活着。你在哪里？告诉我们你的位置。我们会过去接你。完毕。”

陶德曼恶心得想呕吐。

静电干扰。“默多克……”

拉长的沉默。

“……我要来找你算账。”

有人猛地吸了一口气。

默多克的脸上失去了颜色，他的笑容消失了。他放下麦克风，声音在发抖：“……上帝啊。”

10

“你……！”波多夫斯克如此愤怒，他已经找不到词语来表达了。他的双眼在眼镜片后面怪诞地睁大着。他收回麦克风，狠狠摔在兰博脸上，猛地转过身扑向无线电台旁边的发电机。

他恶狠狠地拨动了仪表控制盘。

随着身体一震，兰博感觉到了突如其来的涌动，电流猛烈颠簸，疼痛笼罩全身。他剧烈地痉挛着，将后背狠狠砸在弹簧床垫上。

他尖叫。

他不停地叫着。

他停不下来。

他终于抵达了他体内的黑暗，最深的层次：它一部分在他的思维里，一部分在他的胸膛里，主要在他的灵魂里。一个黑暗的坑被不可思议地压缩着，它被压得十分紧实，在强大的力量之下保持着静止。

当波多夫斯克调到更高的档位时，电流让兰博以更快的速度战栗，更令人作呕地痉挛，以更大的声音尖叫。黑暗的坑爆炸了。

11

当波多夫斯克将手放在发电机的仪表控制盘上，将电流调得更高，看着这头美国猪在弹簧床垫上痉挛地抽动时，他突然意识到情况不对，可能非常不对。经验告诉他，电流还没有大到造成这名囚犯越来越暴力的躁动，尖叫声也比他预计的更猛烈。

实际上，说得好听一点，这名囚犯似乎是在发狂。他的身体变成了一台失控的机器，抽打、撕扯着弹簧床垫。他的叫喊先是变成了尖叫，现在又成了凶猛的嚎叫。他发出的声音听起来像是一头动物，一头令人恐惧的动物。

心中不安的波多夫斯克从还通着电的发电机旁边走开，几乎对这狂怒的、震耳欲聋的场面着了迷。他朝不停战栗着的囚犯走了过去，后者的嚎叫此时已经更像野兽了。在这个令人恶心的美国人的疯狂攻击下，弹簧开始扭曲，嘎吱作响，翘曲变形。

当波多夫斯克意识到电流只不过是一种刺激时，已经太晚了。这个美国人主动添油加码，让自己被刺激得如此愤怒，直到——

接头断了，弹簧鼓了出来。波多夫斯克条件反射地向后退了一步。

还是不够快。

他看到一只突然挣脱束缚的手，像抓钩一样朝自己伸过来。他站在一摊从犯人身上滴下来的水里，然后感觉到电流抓住了自己。通过囚犯的身体，电流震颤着波多夫斯克的心脏。它让他的四肢像木偶一样发抖。它让他的阴茎勃起，射精。他感觉到颤抖着的、搭扣一样的手指扯住了自己的喉咙。

12

暴怒之下，兰博将波多夫斯克扔向发电机。苏联人的身体纠缠在连接着他胸口上黑盒子的电线上，电线扯了下来，电流仁慈地停止了。波多夫斯克撞在桌子上，碰翻了发电机。兰博没有去管他，而是挣脱了另一只手臂，转向持刀扑来的雅辛。

但是雅辛不够快。兰博弯下腰，从地板上抓起波多夫斯克掉落的麦克风。他狠狠向上一击，打破了雅辛的下巴。鲜血和参差不齐的牙齿飞舞着，雅辛被击飞到了房间的另一头。

但是泰中士和那个卫兵还在，他们俩都在举起手中的步枪。在他们开枪之前，他无法同时对付这两个隔得很开的人。

他们的手指勾住了扳机。

突然，地板被爆炸掀了起来，碎片飞溅。爆炸产生的气浪将兰博抛回到弹簧床垫上，他条件反射地举起手臂保护眼睛，以免被碎片伤到。烟雾在他身边打着转,一支 AK-47 步枪的枪声从墙壁上反射回来。随着烟雾散去，他看见蔻从地板上炸出的洞里跳了上来，用枪口对着房间转了一圈。波多夫斯克和雅辛流着血，不省人事地躺在那里。卫兵趴在地板上，已经死了。泰不知去向。门开着，愤怒的喊声惊动了外面的卫兵，雨像瀑布一样在门口倾泻而下。电光闪烁，雷鸣阵阵。

兰博从雅辛麻木的手掌里抓过自己的刀，蔻将弓和箭筒扔给他。仿佛他们已经共同训练了几个月似的，兰博和蔻一起冲向一扇窗户。蔻先到，一跃而出。然后……

13

当闪电再次亮起，一盏弧光灯在倾盆大雨中照射过来。兰博和蔻慌忙穿过泥泞的地面，朝营地的边缘跑去。看到灯光朝他们的方向转过来，兰博停下脚步，迅速将箭搭在弓上，拉弓射出。嗖的一声，箭离开了弦。如果箭羽是用羽毛做的，箭的引导结构就会被雨水软化，让它的轨迹发生偏移。但是现在采用了塑料的设计，箭笔直地飞奔向前，击碎了弧光灯。

黑暗回归。

但是闪电照亮了他们。枪口闪起火光，自动武器嗒嗒作响，子弹从他们身后呼啸着射进森林。

蔻不停地转身还击。

他们跑得更远了。又一盏探照灯照了过来，加速朝他们追去。而当这一次闪电亮起时，它像一枚燃烧的导弹一样直刺大地，击中了一栋房子。整个营地、探照灯，甚至那栋建筑里的灯都闪烁起来，暗了下去，又亮了一下，然后全都灭掉了。

一片漆黑。

但是曳光弹撕破了黑暗。表面涂磷的弹头直刺丛林，闪着光，美丽而致命。枪弹的噼啪声比突然震撼整个营地的雷声还大。

他们来到了那层松散卷起的铁丝网，兰博抓住一股铁丝，向上提起来，倒钩深深扎进他的肉里，血从手上淌下。

蔻从下面爬了过去。

兰博意识到有更好的办法。他仰面躺倒在泥地上，将弓插进铁丝网下面，再举起弓将铁丝网撑起来，然后自己在倒钩下面扭动着身体钻了出去。

他们急忙跑向第二道栅栏。当曳光弹像幽灵一样从他们身边掠过时，蔻停下脚步，举起步枪向绑住铁丝网的一根木桩射击。木桩碎片飞溅，铁丝网猛地断开了，砰的一声向左右分开。

他们朝缺口冲去，兰博听见子弹打进前面的树干发出“噌、噌”的声音，树皮被炸开，树叶被撕碎。

但他们跑出来了。

“你真让人惊奇。”兰博一边钻进灌木丛一边说。

她因为他浪费呼吸来说话而感到愤怒：“别废话！走！走！”

曳光弹转向他们的左边，撕扯着另一部分的森林。

她的确让人惊奇，兰博边跑边想着。她的确如此。

14

当波多夫斯克愤怒地从中间那排营房冲出来时，鼻子和嘴都滴着血，怒气比兰博用无线电戏耍他时更甚。他怒视着眼前混乱的局面：闪电、曳光弹、雷声、慌乱的人影和矛盾的叫喊声。

在闪电的照耀下，他注意到泰中士伸手指指这边，又指指那边。这个虐待狂白痴就该被上司永远留在这个粪坑里，他在这儿待的每 1 秒都不冤。

永上尉在哪儿？那个装斯文的永上尉，自以为高旁人一等，总是让军装一尘不染，做着被调往河内的美梦，想让副官为自己干所有工作，在港口的小船上哄骗一众女朋友。他在哪儿呢？

大概是在自己的房间里，害怕把制服弄湿吧。这个家伙！

波多夫斯克冲了过去，靴子在泥地里发出咯吱咯吱的响声，脸上的血混着雨水淌下来。他愤怒地抓住泰的领子吼道："找到他！除非你想让我把你扔进那个烂泥坑，找到他！现在就去！"

泰惊愕地眨着眼。

波多夫斯克突然感觉有人从身边走过，碰到了自己的肩膀，雅辛。雅辛刚一开口说话，一道闪电照亮了他被打碎的门牙，参差不齐。

"当你找到他的时候……"雅辛愤怒地颤抖着。

真让人吃惊，波多夫斯克心想。他几乎从不说话。

"当你找到他的时候，把他带回来见我！"

泰的声音变得非常恐惧。他向他的手下叫喊着下令，伸手指向森林。

当越南人跑走以后，波多夫斯克心想：我为什么要和这些业余的家伙打交道呢？我有自己的小队。

他转过身。在又一道闪电的亮光中，他看见自己的苏联士兵站好了队形，面容坚毅，举着步枪，准备执行命令。

很多年前，波多夫斯克看过一部名叫《陆军野战医院》的黑市美国电影，主演是唐纳德·萨瑟兰和埃利奥特·古尔德，典型的帝国主义分子。剧情讲的是一支美国外科医疗队在美国入侵朝鲜时在那里工作的故事。其中一个情节是，主角们被派往日本，给一位美国将军的儿子做心脏手术。他们穿着汗津津的军服，走进一家医院，一点也不在意他们带来的细菌会传染给病人，而且急于去打那具有布尔乔亚优越感，却没有任何益处的高尔夫球。他们对一个理所应当地对他们表示愤怒的护士宣称："我们是来自多佛的专业人士。"谁知道那是什么意思。"我们要打开那孩子的胸腔，在2点之前回到高尔夫球场。"

自私。傲慢。

但是他们清楚地知道，自己是最好的。

专业人士。

当波多夫斯克努力去理解他对自己这支小队的感觉时，这个想法在他的脑海里停留了不到1秒钟。

他打量着他们，点点头。是啊，他为什么需要泰和那个装斯文的永上尉，还有那些低级的傻瓜呢？他有从多佛来的专业人士。

他信心十足，开始发出命令。

并注意到雅辛已经带着另外两个人冲向直升机了。

15

兰博因重获自由而兴奋，心脏激动地怦怦跳动着，左拐右拐地穿过黑暗的森林，蔻在他身边跌跌撞撞地跑着。他们抵达一面斜坡，用手抓住湿滑的树根，挣扎着冒雨朝泥泞的坡上爬着，不时滑动，下陷，再用更大的劲儿挣脱出来，终于登上了坡顶。

兰博突然僵住了。他听到了直升机引擎的轰鸣声。他转过身一看，皱起了眉头。两只大功率探照灯从森林里升了起来，来来回回地扫动着。它们的光柱仿佛在和闪电比赛，看谁更亮一些，引擎的怒吼仿佛也在和连续不断的雷声一争高下。

兰博蹲伏在山丘上，紧张地扫视着下面雨蒙蒙的黑暗森林。

他看到了树木之间破碎的手电筒的灯光，他们不时地朝一个方向扫去，又扫向另一个方向。

下面传来叫喊声。

疯狂的射击。一头猪尖叫起来，声音停止了。

那架直升机在暴风雨中倾斜着，闪电映出了它巨大的轮廓。一定是疯子在驾驶它。只有最顽固、最铁了心、最怒不可遏的驾驶员才会在这样的暴风雨中冒险开着直升机搜捕他们。

兰博突然知道他是谁了。

那个沉默的家伙。那个哥萨克人。雅辛。

16

雅辛紧紧握住休伊直升机的操纵杆，脚踩方向舵踏板，试图抵消这架巨大的直升机在又一阵强烈的风雨下出现的倾斜。直升机的反应很迟钝。他全神贯注，成功地稳住了它。愤怒让他顾不上在这场暴风雨中飞行在森林上方所面对的危险。在黑暗中，一个轻微的计算错误，一阵突然刮起的强风，都很容易让休伊直升机的起落架挂在树梢上，导致直升机翻转过来，变成一团炸得粉碎的火球，让他当场丧命。

但是危险对他而言不重要，只有那个囚犯，还有那个帮他的人，只有他们才是重要的。雅辛的脑海不断重现那个犯人将麦克风挥向自己的画面，越想越恨。随着他缺失的门牙一阵一阵地疼痛起来，增长到极为痛苦的程度，他吐出嘴里的血，咒骂起来。他感到仿佛有碎玻璃扎进了自己牙龈下面。休伊直升机的探照灯搜寻着森林，他睁大眼睛，竭力不错过下面最微弱的动静。一头猪从灌木丛里冲出来，两个越南士兵在后面追赶，直到他们意识到它不是那个犯人。泰突然出现了，他愤怒地摇晃他们，推着他们爬上一面斜坡。雨水抽打着直升机的座舱罩。继续往前飞，飞上这面斜坡，雅辛看见其他士兵一边向上攀爬，一边手挡在眼睛上，遮住休伊直升机的探照灯发出的强光。此时雅辛已经飞到了更高处，搜索着坡顶。尽管直升机的轰鸣声震耳欲聋，他还是听到了雷声。然后他猛然意识到那根本不是雷声，是爆炸！他调转休伊直升机的方向，然后在探照灯的照射下往下一看，看到了……

……人腿，一条腿挂在灌木丛里，另一条落在水坑里。他继续用探照灯搜索着，看到了这两条腿所属的身体，一个越南士兵仰面躺在地上，眼睛睁得大大的，嘴巴张着，在惊恐中尖叫着——但是雅辛听不见，然后那个士兵不省人事地轰然倒下，可能就要死了。几个士兵凑了过来，其中比较聪明的士兵急忙向前跑去。泰出现了，对那些畏缩不前的家伙咆哮着。

雅辛再次将直升机开上坡顶，选择了向下通往黑暗山谷的唯一一条冲沟。如果我是那个犯人，他心想，我会沿着那条冲沟躲进山谷里，我会想要回旋的空间，我会尽力避免被这些悬崖困住。

但是我抵达这条山谷的速度会比他快得多。

当雅辛抵挡住了又一阵大风，并驾驶着休伊直升机沿着这条冲沟向下飞行，穿过黑暗和暴风雨时，他在兴奋的期望之下喘着粗气。

是的，当那个美国人离开那条冲沟时，我会让他大吃一惊。

因为当这架休伊直升机在 1975 年从南越军队手中缴获时，它的解放者们很高兴地发现直升机上还有意外收获，一件美国人一直以来都喜欢使用的超级武器。

是的，雅辛想道，我有一条龙。

17

蔻瘫倒在冲沟里的一块大圆石上，气喘吁吁，精疲力尽。她将身体压得很低，钻进了灌木丛。如果直升机的探照灯朝这边照过来的话，她准备爬进被暴风雨撕扯的黑暗的林下植被中。

兰博停了下来，跪在她身边，用力地呼吸着。他面对落下的雨水仰起脸，张开嘴，饥渴地吞咽着。他在营地里遭受的折磨削弱了他的力量，他身体的每一处关节和肌肉都在疼痛，唯一让他保持奔跑的，是他求生的本能：还有他挣脱束缚的感觉，获得自由的状态。

不过虽然他很想保持自己的自由，但是他知道如果跑到完全精疲力竭的程度，他就无法保护自己了。

另外，他还必须考虑蔻。她救了他的命。如果她想休息，上帝，他们就一定要休息。

“我还没找到机会。”他气喘吁吁地说道。

“没找到机会干什么？”

“没找到机会谢谢你。”

“是呀，”她骄傲地说，“要是没有我，你就只能挨揍了。”

他禁不住笑起来，表示同意：“我们是个相当棒的团队。你是怎么炸开地板的？”

“用……”她指着他的箭筒说道，“炸药和雷管。”

闪电亮起。当直升机的探照灯在他们下方远去，轰隆隆的咆哮声在黑暗中朝着一个似乎是峡谷的地方逐渐消失的时候，兰博条件反射地和她一起躲进了灌木丛。

“你看上去真糟糕，”蔻说道，“伤口感染了。”

他知道，但他只是耸耸肩膀，试图让她安心。

“不，你伤得厉害，需要药和医生。我很担心，也许你并不像自己以为的那样不会受到伤害。”

他想了想，答道：“也许吧。”

“你现在怎么办？你想穿越老挝？去泰国？”

“对，”兰博怒气冲冲地说，“我在那边还有点儿事。”

“然后你会去美国？”

“很难……这些事之后，我在美国可能不会太受欢迎了。”

“但是如果你真的去……？”

“什么？”

“你带上我吗？兰博，我再给你个机会。结婚。”

“你不了解我。”

“足够了解你。你把我带到美国，我见我的儿子，阮，见我兄弟，也许用我的学位，教经济学，买凯迪拉克，看《家族风云》。”

虽然情况如此危险，兰博还是禁不住笑了起来。又是一道闪电，他看到了她迫切的表情。

他哽咽了。“你救了我的命。你想去美国？”他猛地点点头，“我答应你。”

“你做出了一个好选择。”

“这就是我，一个很好的人。”

沿着山坡传上来愤怒的叫喊声，兰博转过身去，看着从灌木丛中穿过的手电筒光柱，他喃喃地说：“我们该走了。”

但是当他们急匆匆地在黑暗中穿行，沿着那条冲沟向下走时，他再次感受到了这些士兵们的追踪技巧带来的压力。昨天，当他在河里被追踪的时候，他用了各种方法隐藏自己的踪迹，拖慢这些士兵的脚步：沿着小溪涉水而上，布置陷阱。其中竖有能够刺穿追踪者的尖桩，用树枝树叶盖住天然沉陷洞，伪装它们，好困住追捕自己的人。

但是不管他做什么，都还是不够，士兵们继续无情地追赶着他。

身后的那群人里有一个很善于追踪的人。

也许是兰博对付过的技术最好的追踪者。

18

泰忍住微笑的冲动。是的，在那儿，他用手电筒照着浸透雨水的土地，心里想着。尽管水坑越来越深，他还是在里面看出了模糊的凹痕，一个非常微弱的脚印。在他指挥的这群笨蛋里，没有一个人会注意到它，也不会知道它是什么东西。

但是他注意到了，也知道它是什么。尽管雨下得那么大，手电筒的光柱那么细，他还是注意到了十步之外一片橡胶树树叶略微被压弯的叶柄。在雨中，这根叶柄是如此柔顺，所以当那个美国人和他的帮手匆匆跑过时，它没有被踩断。而且，它几乎弹回了原位，除了叶柄中间那个挤压形成的皱缩小点，基本上没留下有人经过的任何痕迹。是的，有人从这里经过，没错。

此刻泰看到了一小堆枯死的树叶，他看出有人曾在上面滑了一下。对跟在他后面的那些傻瓜来说，这堆树叶看上去和任何其他树叶没什么两样。但是对于他——他终于让自己咧嘴笑了出来，自豪而激动——在他看来，这堆叶片中间裸露的泥土只有一个浅浅的水坑，雨水竟然还没来得及灌满它。只有一件事会造成这种现象，有人最近从这里经过，将地面上的这处凹陷暴露了出来。

最近，没错，泰的微笑变成了仇恨的龇牙咧嘴。很近，就在不久前。不远了。

虽然那个哥萨克人下令把他带回去，但是泰不会那么做，他要杀了他。随着泰加快步子并用手电筒搜寻着踪迹，他脸上的怒容加深了。但是要慢慢杀，享受美妙的细节。我要用他自己的刀子。

当许多年前兰博第一次逃出那座战俘营时，泰在森林里疯狂地追捕了他3天,漫长的3天。这个美国人逃脱了他的追捕,这就够糟糕了。更糟糕的是，这个美国人还在生病，是个容易对付的对手。

至少泰的指挥官是这么想的。上司的侮辱仍然回荡在泰难以磨灭的记忆中。当消息传来，那个美国人回到了美国，甚至得到了他们国家的最高勋章，侮辱增加到了极点，丢脸的程度几乎让他难以忍受。泰被降级为二等兵。他还得到了进一步的惩罚，上边命令他继续留在这种地狱般的看守职位上。

但是他一直很耐心。勤勉。

他凭借努力重新升回了中士军衔。更重要的是，下定决心不让耻辱重现，他迷上了追踪技术。在驻扎过的每个地区——他驻扎过很多地区，因为囚犯经常被转移——他会找到所有当地村庄的追踪专家，强迫他们把自己知道的一切都教给他。

因为他再也不要像那样丢脸了。如果又有一名囚犯逃跑，而且泰是那个负责找到他的士兵，那么那个囚犯一定会被找到。

也许那样一来，他就能弥补自己的过错，得到调动，甚至有可能调到胡志明市——战时叫作西贡，曾是堕落的最高象征。在这仿佛无限可怕的差使完毕之后，他想要很多堕落。

当他在面前的这条冲沟里看到一个又一个痕迹，而且是两个人冒雨跑下去的痕迹时，他几乎笑出了声。

因为正是这个美国人毁掉了他的前途，而现在这个美国人正在给他一个赢得前途的机会。

在电闪雷鸣的诡异瞬间，泰觉得自己又回到了那场战争之中。虽然他的国家在战争中获胜了，但他没有。

现在，在他自己的这场救赎之战中，他将有机会像他的国家一样获得胜利。

19

雨还在下，但天已经快要亮了。兰博在灌木丛中奔跑着，他看到了昏暗中他们的轮廓、树木的剪影、纷乱纠缠的森林。

蔻在他身边奔跑着，惊恐地朝他看去。他们不需要开口说话。随着黑暗的消散，他们已经失去了优势。在他们身后，穿过灌木丛的士兵们发出的声音已经非常近了。如果士兵们看到了他们……

物体变得更清楚了，大雨让一切笼罩上了一层清晰透明的灰色。兰博的视线延伸到了前面 10 英尺，15 英尺，20 英尺。

兰博从树林里冲出来，进入一片宽 55 码的开阔地。此时他已经可以看得这么远了。几乎停了下来，肩胛骨猛地一缩。

这片空地让他感觉到了威胁。他想返回树林，以树木为掩护绕过这片开阔地。

但是蔻已经穿过了开阔地的三分之一。

兰博不想分开，赶紧追了过去。但是恐惧突然袭来，他注意到轰隆隆的引擎声越来越大，那架休伊直升机正朝这个方向飞来。

他喊蔻回来。她没有听到，已经穿过了一半的开阔地。他不得不加快速度跑向她。

休伊直升机突然出现。它爆发出更深、更足、更大的响声。随着加特林机枪的枪管快速旋转，一条橙色的火柱朝着空地喷发出来。

噢，上帝啊，兰博心想。这架休伊直升机上有一条龙。

20

雅辛驾驶着直升机朝这片开阔地疾驰，目光聚焦在两个奔跑的人影上，其中一个无疑是那个美国人。他紧紧抓住操纵杆，直升机俯冲下来，他感到胃向上提了一下，他是如此全神贯注，以至于咬住了自己的下嘴唇。

然后他才反应过来——兴奋迟钝了他的痛觉——自己没有可以咬住下嘴唇的牙齿了。在他应该有牙齿的地方，坚硬的碎片割破了他的嘴巴。

他狂怒地连续按着龙的射击按钮。

他刚才一直在等待，假装搜索那条山谷，他真正的目标是这条冲沟的出口。

他变聪明了。

是的，而且如此耐心，等待着人影出现。

现在，他等到了复仇的机会。

21

龙。

兰博多次见过它开火。无论见过多少次，他总是不习惯使用它，没法适应它那几乎不可思议的威力。恐惧让他的腿更沉重地落下，而当他缩短了和蔻的距离时，他右边的土地好像被炸飞了。

这声音太可怕了。作为有史以来破坏力最强的杀伤性武器之一，通用电气公司（“进步是我们最重要的产品”）生产的 M-134 米尼岗高速机枪每分钟发射 6 000 发 7.62 毫米子弹，6 000 发。

但这还只是它的一部分效果而已。它的设计者不满足于过分杀伤，还增加了火焰效果，每 5 发子弹有 1 发是曳光弹，这种枪的密集火力就像一根从武装直升机伸向地面的固体火柱。

它的声音不是普通机枪的哒哒或噼啪声，相反，它发出持续的雷鸣般的咆哮，仿佛一头史前怪兽——能够喷火的那种——张开巨口，长时间地喷出迅猛的火焰。

所以有些士兵将它戏称为“神奇喷火龙”。

在密集的轰击中，这片开阔地好像就要崩塌了。湿漉漉的草地被抛到半空，刹那间变得粉碎，仿佛被扔进了开足马力的搅拌机。大块大块的泥巴变成了肩膀高的沙砾，打到人身上，非常疼。

蔻继续奔跑。

兰博追上她，一起向对面的树林冲去。

休伊直升机轰隆隆地以最小的转弯半径飞了过来。

龙再次喷出雷霆般的火焰。

在兰博前面，树木燃烧起来，树叶变成粉末，灌木变成一片烟雾。曳光弹从他身旁掠过，就像呼啸而过的橙色射线，先剥去岩石上的藤蔓，然后将岩石轰成一片烟云。

但是当直升机再次飞到头顶上时，兰博已经进入了树林，即使在雨中，它也投下了可怕的阴影。轰——轰——轰！

但是龙还会回来的，它会再次喷火，将森林的边缘变成锯末。他需要继续跑，寻找更茂密的森林作为掩护。

他突然意识到什么。

蔻没有在他身边。

甚至不在他身后。

她被落在了那片开阔地的边缘。

兰博恐惧地转过身，看见她脸朝下趴在灌木丛里爬着，身体暴露在外面的空地上。

轰——轰——轰！

休伊直升机调头飞了回来。

不！兰博的心脏跳得厉害，他甚至在耳后听到了它跳动的声音。他往回跑，看到了她衣服上的血，后背可怕的伤口。当他将弓和箭筒挂在肩上，双手绕过她的胸膛和大腿将她抱起来时，他感觉到蔻的血从他的指间渗了出来，黏糊糊的皮肉从他的指缝中突出。

不！他想大叫。不能再浪费时间了，他需要把她弄走，赶在……

咚咚咚咚！

那条龙扫射着森林边缘，直接逼近兰博刚刚进入森林的地方。他从未奔跑得如此发狂，如此用力，在雨中冲刺，掠过树木，穿过灌木丛，尽可能拉开距离……

子弹没有碰到他，但是它们打在他身后起缓冲作用的树干上，溅起的碎片砸在他的背上。

这股力量将他抛在地上。

倒在蔻身上。

他马上用手肘撑住地面，不让自己的重量压住她的呼吸。尽管地面已经被雨水泡软，他的手肘还是擦伤了。

兰博从她身上翻下来，仍然趴着，将她往森林里拽，泥巴粘在他身上，身上滴着血，雨将他罩住。

终于停了下来。

龙现在无能为力了，它不可能把火喷进这么深的林子。

轰——轰——轰！

休伊直升机在外面盘旋着，听上去既沮丧又愤怒。

兰博将蔻抱在怀里，她的血渗出来，染红了他的腰和腿。她朝他眨着眼睛，身体颤抖着。

他摇晃着她，发疯似的试图将自己的生命注入到她体内，只求她活下来，愤怒扭曲了他的面容。

她抬起浑浊的眼睛看着他 ，露出困惑的神情问道："并不疼，为什么？"她竭尽全力呼吸着，"为什么不……"

兰博感觉到她的身体在自己的臂弯里松弛下来，他开始啜泣。

"你是个好人……兰博，好人，很好……不会忘了我吧？"

"不会，相信我。"

然后她……

……死了。他曾经将许多死去的士兵抱在怀里，包括不少他的哥们儿、朋友，但是他从未注意到灵魂从躯体中抽离时剩下的重量。

肉。

不再美丽。

不再高贵。

肉。

死掉的肉。

兰博用尽全身力量发出一声叫喊。

22

“你真的认为你能威胁我吗，上校？”

陶德曼愤怒地走来走去，目光向下怒视着默多克，而后者却扶了扶眼镜，翻阅桌上的几份进度报告，调整了一下台灯的角度，好让自己看得更清楚一点。

“我要救援队在 1 小时之内做好出发准备。”陶德曼直截了当地说。

“你要……”默多克向上看了一眼，好像他不敢相信自己听到了什么，“上校，你在拿你的前途、你的名誉，甚至你家人的安全冒险。”他摘下眼镜，惊奇地眨着眼，“你真的认为有任何人值得你冒这样的险吗？”

“是的，”陶德曼挺直身体说，“是的，我相信，他就是。”

默多克惊愕地张开了嘴，一时间哑口无言：“我直接命令你退出这项任务。”

“是我得到救援队，”陶德曼说，他更加愤怒了，想要掐死他，“还是我不理会你，自己行动？”

默多克觉得这很有趣，他真的笑了出来。“你好像不明白，我才是这里的负责人，你只不过是个齿轮。”他朝埃里克森和道尔指了指，“我们是一部机器。”他突然感到一阵厌烦，说道：“埃里克森，我要逮捕他，不准他离开基地。”

听到默多克的命令之后，不光是埃里克森，道尔也站起来了。道尔，真正疯狂的那个，将手按在自己 .45 口径手枪的枪套上。

陶德曼盯着那把枪。

“兰博从来就没有过机会，是吗？”

“嗯，”默多克耸了耸肩膀说，“就像你说的那样，上校，他回家了。”

23

在灰蒙蒙的黎明中，泰听到了那条龙喷射的声音，瞥见休伊直升机轰隆隆地飞在前面的树木上空，然后突然从灌木丛冲向被雨水冲刷的一片开阔地。当他意识到杀戮就在眼前时，他的神经兴奋了起来。

此时已经完全可以看清直升机了。它盘旋着，面对开阔地的另一边，每秒钟将 100 发子弹倾泻在森林边缘。在一片凶猛的轰鸣声中，森林边缘被撕碎了。

在他的正前方，就在他的脚边，泰在膝盖深的草里看见了两条小沟，这是那个美国人和他的帮手穿过时留下的，他的手下焦虑地跟在他身后。泰缓慢而兴奋地向前移动，他没有看到自己的猎物沿着他们弄出来的小沟往回折返的痕迹。每一片草叶都倒向同一个方向，朝着直升机正在摧毁森林的方向。就算他的猎物倒着走路，沿着这个方向返回,草叶被压倒的方式也会有微妙的不同。不,他们笔直地往前走了，没有返回，龙的怒火也证实了他们就在前面不远的地方。

泰走到开阔地的中央。在这里，痕迹已经被龙的狂怒彻底消除了，但是没有关系——休伊直升机指引着方向。

为了避免直升机误伤了自己，泰用野外无线电提醒那个哥萨克人，地面部队已经到了。当龙不再喷射，泰从休伊直升机旋转的螺旋桨和轰鸣声下面经过，大步穿过被捣毁的森林边缘，再次找到了犯人的踪迹。

但是泥地里的脚印变深了，而且只有一个人的脚印。

当泰看到血时，他的心跳错了一拍。新鲜的血，还没有被雨水稀释。有个人被打中了，被另一个人带着走，地上又大又深的脚印说明是那个美国人带着另一个人。

逐渐拉近的距离让泰心生愉快，急匆匆地往前赶。当他看到那个犯人因为他的负担而摔倒并留下的痕迹时，他的心跳又错了一拍，又是血。

多得多的血。

就在这儿！在前面，他看到了犯人拽着同伙开始爬行的地方。

泰感到失望，这也容易得太可笑了。

24

兰博在蔻的坟墓前跪了下来。他几乎是精神恍惚地抱起她的尸体走进森林深处的。

她那软绵绵的胳膊可怜地晃荡着。他找到一个他觉得她一定会喜欢的隐蔽处，这里四周环绕着岩石，地上长着一丛丛她曾经谈论过的属于死亡的兰花——那是昨天早上，但好像已经是200年前了。他开始挖坑，先用刀挖，当用刀开始变得太慢时，再用手挖。他知道自己在冒险使用宝贵的时间埋葬她，他不管，她本身就是宝贵的，如果他能帮忙的话，就不会有食腐动物毁坏她的尸体了。

他一直挖到紧密纠缠、穿不透的树根才停下，然后温柔地、带着崇敬的心情把她放了下去。

正要掩埋她时，他突然遵从内心的冲动，将她的金佛幸运符取下来，挂在自己的脖子上。

他从她衣服上割下一根布条，然后非常慎重地，像牧师为宗教仪式换装一样将它作为一条止汗带紧紧绑在自己的额头上。

他开始掩埋她，潮湿的泥土落在她身上，他把她的脸留到最后，想象着即便是一张死去的脸，也能感觉到泥土落在它上面。当她可爱的脸庞也消失以后，他将一些石头放到土丘上，再盖了一些藤蔓，将坟墓隐藏起来。

他再次跪下来，几乎像是在祈祷。

但是他背着弓和箭筒，全身各处沾满森林里的原始腐殖土：头发上、脸上、胸口上、胳膊上。他看上去不像个牧师，倒像个武士。

从很早开始。

很久之前。

当所有这一切开始。

并且永远不会停止。

当雨水流过他的眼睛，模糊了他的视线，他意识到真正让他视线模糊的是眼泪。在营地，当他遭受折磨，被自己的刀灼烧并被电击时，他哭过，但那些眼泪是条件反射式的，是对疼痛的一种不情愿的反应。

然而，这些眼泪是不同的。

是悲伤引起的。

一种他以为自己不再可能拥有的情感。

他站了起来，攥紧自己的拳头。

展开他肌肉发达的双臂。

对着暴风雨大作的天空扬起他愤怒的脸。

然后大叫起来，他的声带拉得紧紧的，鼓得像打结的皮绳。叫声越来越高，越来越响。

他停不下来。

他释放了多年以来的挫败积攒的全部愤怒。第一次，他不是主动要求来这里的，他是被叫过来的。因为叫他过来的那些人有他们的理由，他们晚上睡在干净的床单上，肚子没有空空如也。这不是我的战争，但我还是为他们打了这场战争。

并且成了令他们尴尬的人，因为他们知道谎言太多了，而撤销谎言的方法是假装它从未发生过——所以他们让人们相信我从未存在，而另外一些人叫我“杀害婴儿的罪犯”。

第二次，我还是不想来到这里。但是他们说他们愿意清理他们造成的混乱，纠正错误。需要有人去把那些战俘弄回来，因为那些睡在干净床单上的人当然是干不了这种事的，所以我又为他们打了一次仗，而他们再次撒了谎，想尽一切办法阻止我赢下这场战争，想让人们相信我从未存在。

好吧，我一直在打别人的战争。

是的，这一次，我要打我自己的战争。

而且这一次，没有人能阻止我胜利。

他听到远处休伊直升机的轰鸣声，但是在更近的地方，他还听到有人穿过森林的声音。

好吧，他心想。兰博仇恨地眯起眼睛，而看着坟墓又让他感到悲伤。如果你们这些家伙想来一场战斗，那就如你们所愿。

血域

1

快了，泰穿行在森林中，欣喜若狂地想道。他追踪的脚印彼此之间离得更近了——这显然是疲劳的证据，而且每个脚尖都在泥里留下了条状痕迹，仿佛那个美国人已经没有力气抬起自己的靴子一样。他从一开始就被削弱了力气，现在肯定已经被他的负担压垮了，这场追捕将在几分钟之内结束。

或许连 1 分钟也要不了。

但是我必须小心，泰提醒自己。即使是一头精疲力尽的动物，也能凶猛地反击，没有必要太快地结束这场追捕，稍微延长一点或许会更有趣。

泰举手示意身后的士兵停下脚步。他陶醉在即将成功的愉悦中，转过身准备向他们解释为什么要小心，然而当发现士兵的人数比预计的少了 1 个时，他皱起了眉头。当然，在基地上方的悬崖上，1 个士兵触发了诡雷，被炸成了几段，但是泰已经将他考虑进来了。

现在他应该有 10 个人。

但他只有 9 个。

又一枚诡雷？他心想，也许某个士兵摔倒了，扭伤了脚腕，甚至可能在黑暗里迷路了。

这个人会出现的，而当他出现的时候，泰会让他知道丢脸是什么感觉。

泰眨了眨眼睛。他确信，一定是雨水让他眼花了，离他最近的士兵的胸口突然多出一样东西。

一根小棍。一支箭。血。

当这名士兵向后倒下时，另一名士兵的胸口也出现了一支箭。

泰惊慌地向前扑倒，寻找着掩护，听到一阵阵尖叫声在身边响起。

一声划破空气的呼啸，第三名士兵倒下时还傻乎乎地盯着自己身上的箭。

泰的手下已经开始还击了，他们的 AK-47 发出乱糟糟的枪声，几乎要把他的耳朵震聋。他们盲目地射击，朝面前的每一样东西开火：树木、灌木丛、藤蔓、兰花，子弹撕碎树叶，炸裂树皮，空弹壳纷纷落进泥里。

泰一直在喊着让他们停下来，他已经被耳朵后面尖锐的耳鸣搞得失去了平衡感。

他推搡他们，咒骂着，才让他们终于照他说的做了。蹲在树木后面，他们紧张地举起颤抖的步枪，像发疯一样四处投射着目光。

然后又有一个人被杀了，一支箭怪诞地从他的左眼插了进去，箭杆进得足够深，箭头上的倒钩都从脑后的颅骨伸出来了。

泰擦去脸上的汗水和雨水，警惕地环顾四周，他尽力思考着，得出了自己不喜欢的结论。

1 分钟之前，他有 9 个人，现在是 5 个。那把射出箭的弓威力巨大，足以在一瞬间杀死目标。箭羽是塑料做的，所以雨水不会让它们变软，影响弓箭手的准头。

那个美国人的准头？但是那个美国人从哪儿找到了这么一把威力巨大的弓，这么设计精良的箭？

现在，那么多 AK-47 的枪声加在一起已经破坏了每个人的听力，弓箭手可以更轻松地穿过森林摸过来，不用担心踩断树枝或者将树叶弄得沙沙响的声音。如果他不现身，我们就无法知道他在哪里，也就没法朝他开枪。

泰将身子压得更低，对着他的手持无线电说起话来。

2

雅辛将休伊直升机悬停在开阔地上方，用手按住戴在头上的耳机，挡住直升机嘎嘎的轰鸣声。

他听到一个发抖的声音："搜索一队呼叫龙，搜索一队呼叫龙，请回话。"

雅辛表示收到。

"龙，我们遭到攻击，死了4个。"

雅辛吃了一惊，但他仍然用平淡的语气答道："吸引他的火力，他很快就会用光子弹。"

"搜索一队呼叫龙，我没有收到。"

雅辛不耐烦地提高了嗓门："吸引他的火力！朝他开枪的地方射击。"

"搜索一队呼叫龙，我没有收到。"

雅辛的声调更高了："你耳朵里有屎吗？朝他开枪的地方射击！"

"他没有用枪。"

这一次，雅辛的声音有了惊讶的语气："没用枪？那他用的……？"

"弓箭。"

"什么？"

雅辛突然听见一阵骚动——有人在尖叫，其他人在大喊，AK-47噼啪作响。听着持续不断的枪声，他用破碎的牙齿咬住了下嘴唇。

3

营地里那个无能的电工花了一整夜才让发电机再次运转起来，可现在头顶的灯是亮起来了，但已经不重要了。尽管外面大雨滂沱，但早晨的光线足够让波多夫斯克看清无线电台。

通信比光线更重要。他一直留在后面协调搜索行动，接收各搜索小队的发报，苏联人的和越南人的都有，然后在各个小队之间转发信息，尤其是发给开着那架配备了龙的休伊直升机的雅辛。当一支越南巡逻队似乎就要重新抓住那个美国人时，他带着强烈的期望听着。这支巡逻队是泰中士指挥的，之前他以为这个人和营地的电工一样无能，就该安排在这种鬼地方，但是当泰的报告越来越积极，波多夫斯克不禁怀疑自己是不是错看了他。好的结果值得奖励，如果中士将战利品带回，波多夫斯克心里想着，他会为自己挣得一个调出这里的机会。

但这已经是 15 分钟之前的事了。

现在，随着波多夫斯克的热情难受地从心中消退，中士调走的机会也几乎烟消云散。状况的变化令人惊心动魄，他感到巨大的沮丧。波多夫斯克盯着无线电台，几乎不敢相信雅辛转发给他的信息。

2 分钟前，泰报告说他的小队遭到攻击，4 人被杀。

被弓箭杀死？外面到底是怎么回事？

然后，无线电里传来噼啪作响的枪声。

现在泰报告说又有 3 个人被杀了。他的声音因恐慌而变了调，正在和其他两个人撤退。

弓箭？波多夫斯克猛地切换到另一个频率。

“搜索二队,搜索二队！”他自己的声音也不像他喜欢的那样沉稳，“我是追猎指挥！是否收到？完毕。”

他是用俄语说的，当他听到静电干扰声被俄语回复打破时，感到很满意。

“搜索二队，立刻前往东北区！联系龙！猎物已定位！重复！猎物已定位！”

“追猎指挥，收到！我们已经出发！”

虽然这俄语的声音听上去很大，但这并不是出于紧张——不像那个胆怯的中士。不，波多夫斯克的手下总是这样说话的：直率、威严、自信。

来自多佛的专业人士。

既然泰已经证实波多夫斯克一开始对他的评价就是正确的，那么现在是时候让专业人士接手了。

如果那个美国人蠢到去追逐泰和他剩下的人手，那就太好了，波多夫斯克的精英小队去拦截他时就可以少走点路。而那个美国人很快就会发现，对付一支知道自己在干什么的专业队伍，一副弓箭派不上多大用场。

一个突然产生的念头让他愤怒地离开了营房。永上尉，到现在已经几个小时了，波多夫斯克还没有看见过他。不过永就在营地里，波多夫斯克很肯定这一点。永坚称自己必须留在这里，负责指挥那些看守营地和囚犯的士兵。

哼，那只是他以为自己要干的事。波多夫斯克愤怒地冒着雨和泥泞，大步向旁边的营房走去。他已经在心里打定了主意，永可以像他的手下一样把自己的军装弄脏，像我的手下一样，像我一样。

似乎是在无意间证明自己的观点，波多夫斯克在泥地里滑了一下，站立不稳之下单膝跪地。当他站起来时，他的裤子又湿又脏，贴在腿上。永可以从屋子里滚出来，像其他人一样去追捕犯人。他现在根本什么也没有干。

这个想法让波多夫斯克的精神愉快起来，而另一个想法让他更高兴。当然，其实并没有必要派永过去。我的小队会处决那个美国人的——波多夫斯克在泥地中跋涉时看了一眼自己的军用手表——噢，大概 40 分钟后吧。但是永需要锻炼锻炼，他得做点努力，改变一下。

然而，当波多夫斯克快要走到那排营房时，他突然想，自己是不是应该回到无线电台旁边。

但不是为了带着满足感去听和猎物越来越近的追捕报告。

而是……作为一种额外的谨慎……其实没有必要……但是以防万一。

确保一切顺利。

是的，他犹豫着，也许他应该用无线电呼叫增援。

因为如果那个美国人可以用一副弓箭对付自己的追捕者，那么当他拿到了合适的武器，他能够做出什么事呢？

4

“长官，机载预警和控制系统拦截到一些非常奇怪的报告。”无线电技术员说道。

陶德曼在武装看守下，愤怒地站在机库边上，看着默多克的手下继续打包装备。

当然，那声“长官”不是对陶德曼说的，而是对默多克说的。后者满身是汗，转向那个技术员问道：“奇怪的报告？”

“来自兰博最后出现的位置，他呼叫时的地点。”

默多克似乎不愿意想起兰博的威胁——“默多克，我要来找你算账。”他对一个从身边经过并差点摔了一个板条箱的工作人员吼起来：“小心！那台解码器值你2年的工资！”

这名工作人员吓得脸色发白。默多克又转向无线电技术员问道：“到底有什么奇怪的？”

“嗯，那里似乎……”

“快说，看在上帝的分儿上！”

“正在进行某种战斗，我不知道，根据一些传言，那更像是一场战争。”

“……战争？”默多克皱起眉头走近了一步。

陶德曼感觉到心中闪起了激动的火花。

“和兰博的战争。”技术员说道。

“什么？”

激动的火花在陶德曼的心中燃烧起来。

“从我得到的消息来看是这样，”技术员说，“但是很难确定，传输老是并线。当兰博呼叫我们的时候，他是囚犯，”技术员一边努力听清耳机中的内容，一边同时对默多克报告，“但是他逃走了，而且……”

“见鬼！而且什么？”

“嗯，他用那副弓箭杀死了 7 个，也许是 8 个士兵。然后，他用刀捅死了 1 个苏联人，他用藤蔓勒死了 1 个越南人，又用弓弦勒死了另1个越南人，他用长矛刺穿了1个苏联人。他捡起他们的AK-47射击，直到打光了里面的子弹。他甚至造出了类似弹弓的玩意儿，用石头把 1 个苏联人的脑浆砸了出来。”

“长矛和弹弓，”陶德曼从角落里说，“这些不是你说他擅长的东西吗？”

“给我闭嘴！”默多克大喝一声。

“还有最古怪的部分，”技术员说，“简直要让他们发疯了。”

“难道你想让我问吗？”默多克喊道。

“他抓住了 1 个苏联人，把他从灌木丛里扔了出去，其他人以为这个人是兰博，开枪把他打成了碎片。”

“这就是我没有告诉你的事。”陶德曼说。

“什么事？”默多克怒目而视。

“那孩子的适应能力很强。”

“现在那个在基地指挥的苏联人，”技术员说，“……等等，我听到了，”他点点头，“是的，那个苏联人呼叫了增援。他召集了附近基地的所有越南士兵过去帮忙，他还要求他自己的金兰湾基地调去一个苏联精锐排。而且……是的，他还弄来一架……天哪……一架苏联米-24武装直升机。上帝啊，一架那么大的直升机，配备了那么强的火力：机关炮、火箭弹、热追踪导弹，简直让人以为他们又要重新在越南开战了。”

“嗯，在某种程度上，”陶德曼挺直了身子说，“的确如此。”

默多克猛地转过身来说道：“说明白点儿！”

“就像那个美国警长在国内对他挑起的战争一样。”

“我说了，说明白点儿！”

“那座小镇。那个警长以为自己拥有全州所有小镇的警察给他撑腰，他有州警察局、国民警卫队，更不说那些以为自己有支步枪就是丹尼尔·布恩的蠢货平民，所以他们这么多人怎么可能会输呢？嗯，”陶德曼的声音像钢铁一样有力，“他们最终发现了原因，因为他们不明白精英是什么意思。他们从不知道，像兰博这样的人接受过什么样的训练，他们不知道兰博是什么，他们不知道我们为什么将兰博这样的人称为特种部队。但是他回到那座小镇，给他们展示了一番，不是吗？给了他们做了一场示范，为他们的城市更新工程帮了个忙。做了一点儿整修工作，不收钱。他真正的所作所为，默多克——以防你并没有像你自称的那样读过他的档案——他为他们夷平了那座小镇。”

“够了，”默多克气得毛发直竖，“别让我失去我的耐心，你的重点到底是什么？”

“重点？很简单，那个苏联指挥官即将领教那个警长的感受，发生在他自己身上的示范，他将了解到一切是如何发生的。”

“你对他也太有信心了吧？那个你的所谓——”

“信心？我应该有，毕竟我训练了他，而且当他在越南结束……”

“你的意思是如果……上校。”

“当他在那里结束之后……还记得我告诉过你的话吗？他开始的事，一定会干到最后。那个警察发现了这一点，那个苏联指挥官也会发现，你也会。当他结束了那边的打打杀杀，他就会做他承诺过的事，他会来找你的。”

5

兰博喘着粗气，拖曳着身后的藤蔓，背上和胳膊上绑着树枝用来伪装。他从密林中蹿出，仿佛森林的一部分幻化成了人形。几只鸡惊叫着向四面八方飞去。他惊讶地发现面前是一座茅屋的泥泞前院，这样的茅屋这个小村庄里一共有12座。他冲过院子，翻过一道低矮的围栏，冲到两座茅屋之间，院子里的几头猪呼噜着一哄而散。在身后，他听到了苏联和越南士兵穿过林下灌木丛时愤怒的叫喊声，比鸡和猪的声音更大。

从茅屋这里，他向左拐入一条泥泞的小道，推开挡道的村民，清出一条道路。农民们不需要催促，他们恐惧地逃向茅屋，惊慌地叫喊着。他们的反应是可以理解的，一个凶狠的美国人不请自来地突然出现就已经很糟糕了。更糟糕的是，按照他们的标准，他简直是个巨人。最糟糕的是，他看上去像是一场被泥巴包裹的噩梦，身上是藤蔓和荆棘，脸上糊着一层暗红色的泥土，头发上的污秽结了一层壳。

他撞上了一个骑着自行车的目瞪口呆的年轻人，咣当一声，两个人都摔倒在地。他就地一滚，爬起来继续跑。在前面，他看见一辆破旧的卡车颠簸着开出了村子，发动机的回火像枪声一样，便改变了路线，跑过去拦截它。这辆卡车锈迹斑斑而且裹满泥巴，简直像是一个长了轮子的棕色土块，后面的铁丝笼子里装满了鸡。他冲向驾驶室，跳上踏脚板，当掌握方向盘的老人受到惊吓，条件反射地将脚从油门上移开时，兰博掏出刀子用越南语喊道：“继续开！”

老人服从了，继续加速行驶。卡车在满是车辙的路上颠簸着，摇晃着，兰博紧紧趴在车门上。在左边，一排树到了尽头，道路现在穿过一片又高又密的象草地。在右边，他看见士兵从森林里冲出来。在身后，另外一群士兵从村庄里跑出来，沿着这条路追逐自己。这一次，他以为是回火的声音恰恰是枪击。一颗子弹打碎了肮脏的后窗，鸡全都恐惧地叫了起来。又有一颗子弹从前面打碎了满是泥污的挡风玻璃，随着破碎的玻璃飞进驾驶室，开车的老人猛地用双手捂住了自己的脸。卡车失控转向，冲向一条水沟，颠簸着一头栽了下来，掉进水沟边缘，溅起一片水花。

兰博就地滚倒，听见了老人绝望的抽泣声，看到鸡纷纷从损坏的笼子里跑了出去。兰博心想，对不起，我没有办法，至少你没有受伤。他从扭曲的车厢里抓出一个生锈的气罐，冲向又高又密的草地，一下子就消失了。

6

但他会留下痕迹，怒不可遏的泰心想。穿过这种草地一定会留下非常明显的痕迹。这一次他只用一副弓箭是对付不了我们所有人的。

当泰跑向那辆翻倒的卡车，他一边停下来喘着气一边为这么多士兵前来增援而倍感鼓舞。

我们所有人，没错。波多夫斯克通过无线电发出的紧急命令已经导致了大规模的军人集结，周围所有地方的部队都冲过来加入追捕。那个美国人杀死的人越多，就会有更多士兵下定决心让他血债血偿。现在是200名士兵，更多人还在路上，这还没有算上那架米-24武装直升机，那架波多夫斯克派来的巨大飞行军火库。

泰欢欣鼓舞地期待着自己的复仇，感到越来越有信心了。路上有两辆运兵卡车呼啸着开过来，滑行着停在路边，溅起一团团泥巴。永上尉从其中一辆卡车的驾驶室里跳了下来，车后钻出一群士兵。看见永通常一尘不染的军装溅上的淤泥，泰忍住了发笑的冲动。他总以为自己是个绅士，觉得自己高高在上。哼，波多夫斯克狠狠教训了他，现在他和我们一样，都来到了这里。我们倒要看看，他喜不喜欢这种感觉。

永并不在意军装上的污渍，以夸张的军姿向他的手下大步走来。他看了一眼8英尺高的草，伸出手向下指了指那个美国人消失在草丛中时压倒的一些茎秆。在犯人压出的小径上，有血。

永拍着泰的肩膀，泰咽下了自己的愤怒。

“那里！”永说道，“你们看见了吗？现在我们找到了他爬着去死的地方！”

泰心想：当然，你很擅长下命令，但你真正的意思是要派我去找他爬到的地方。

泰并不在意这一点，他急着要让那个美国人为自己受到的越来越大的羞辱付出代价。他向前走去，挥手示意士兵们跟着他。

但是永让他吃了一惊。他又拍着泰的肩膀，说道：“不是你！已经给过你机会了！现在我要确保这件事正确进行！”

永将泰推到一边，向下走进水沟，颤抖着涉水而过，站在那条草地小径的入口处。士兵们也蹚过水沟，朝他走去，在他们还没有从水沟里爬到上面时，永就已经钻进草丛了。士兵们赶紧跟在他身后，消失在草丛中。只有无线电天线的尖端在起伏的草浪中露出来，然后天线也不见了。

泰恨恨地盯着这片草地。当然，当踪迹是一条明显的小径时，永就觉得自己是个追踪专家了。他总是做容易的部分。

然后拿走所有功劳。

然后被调走。

7

永紧张地往草丛里走了50步，当知道从路上已经看不到自己时，他开始故意落在后面，让其他士兵走到自己前面去。

“眼睛擦亮点！小心陷阱！”

永远远跟在后面，不安地扫视四周。两边高高的草紧紧贴着他，让他感觉透不过气来。和路上相比，这里的空气湿得多，也闷得多。这里的声响也很怪异：草的沙沙声，从路上传来的说话声的回音，一只在上空盘旋、向下瞅着他的鸟发出的叫声。他想知道这里有没有蛇。

唯一让他心安的是那个美国人留下的宽阔的血迹，他显然受了很重的伤。

汗珠从永的脸上滴下来，他的上尉军装的腋下已经被汗水浸透了。他不知道卷起袖子是不是符合军容。

命运一点儿也不仁慈，他心里想着。是的，他在战争中躲过了战斗，他在河内舒舒服服地任职，只是偶尔被资产阶级的轰炸骚扰，不过炸弹一点也没有靠近过他在城里的办公室和公寓。有助手去完成自己的工作，他和情妇一起在他的小船上，他也在她的肉体上度过了许多美妙的日子。即使是在眼下这种处境，回想起往事也让他微笑起来。但是有一天，他的上级军官被撤换了，紧接着，永知道的第二件事就是自己被派到了遥远的边区。想到这里，他又皱起了眉头。不过几乎就是在云开日出的同时，另一个想法又让他高兴起来。

没错，如果我能抓住那个美国人，我就会是共和国的英雄。

我很快就能回到河内。

前方困惑的人声让他开始专注于眼下的事情。士兵们停下了脚步，永从他们身边挤过去。

“喂，出什么事了？”他愤怒地问道，“继续搜索！找到他！”

当他挤到所有士兵前面时，他注意到领头的士兵脸上露出困惑不解的表情，然后他低头一看，看到了令士兵困惑的原因。

血。

两只鸡，鸡头被切了下来，尸体靠着一个罐子。

罐子的盖摆在两个鸡头之间，似乎是某种神龛。毫无疑问，是某种古怪的宗教仪式的遗存。

那些村民，永轻蔑地想着，他们头脑中的那些原始观念。然后他闻了闻着空气中的味道，意识到这个罐子曾经用来装过汽油。

他还闻到了别的东西。那是什么？烟？

火焰从他右边嗖的一声蹿过草地，在波浪般起伏的草秆中蜿蜒穿行，朝他直奔过来。

“回去！”永的命令不是出于对手下的关心。他想说的并不是快走开，否则你们会受伤的。他的意思是，你们这些愚蠢的白痴，别挡我的道，让路！

他将手下推开，感到背后猛地一热。

但是他的手下也有同样的想法。他们绊倒在彼此身上，互相推搡着，挡住了小道。

“回去！”

火焰烧到了罐子。

“回……！”

轰！

8

这次爆炸产生的景象就像一朵蘑菇云，不过不是真正的云，而是火焰。熊熊燃烧的火焰形成了一个升腾的火球，巨大的爆炸在草地中产生一道肉眼可见的冲击波，令草波向四面八方荡开。

巨大的冲击让泰踉跄着往后退了几步。他站在草地边的路上，神情恍惚地眨着眼。前 1 秒钟，炽热的阳光还在平静地照射着这片草地，它看上去如此无聊，让泰禁不住打了个哈欠。下 1 秒钟，一道火焰就像河水一样从右边穿过草地。再下 1 秒，草地的中央爆炸了。

他听到了尖叫，开枪的声音。黑烟从草地上腾空而起，火焰从中央蔓延，朝草地边缘席卷而来。

一个人从草地里冲了出来。他全身是火，尖叫着，胡乱挥舞着双臂，拍打自己的胸口。他摇晃着双膝跪地，向前蹭了几步，然后栽倒在水沟里。水沟里的水嘶嘶作响，升起的蒸汽散发出毛发和皮肉烧焦的刺鼻臭味。

虽然尸体脸朝下趴在水里，虽然此人从草地跑出来时面部特征已经烧得辨认不出了，泰仍然知道他是谁，他军装上的徽章有一部分没有被烧毁。

永上尉。残缺的皮肉看上去如此令人憎恶，让泰惊恐地目瞪口呆，不过他仍然产生了两个让他分散注意力的念头。

你想去做最容易的部分，然后得到所有荣誉，是吗？

而第二个念头……

永，你的军装脏了。

9

在燃烧的草地的另一边，有一座长着树木的断崖，兰博就蹲在断崖上。他的目光掠过升腾的黑色烟雾，看见草地远端有许多士兵。在爆炸和火焰面前，有些士兵冲过去帮助同志，另一些士兵则仓皇后退。他听到隆隆的轰鸣声越来越响，便把脸扭向声音传来的方向，仇恨地眯起眼睛，看着村庄上空的那架休伊直升机朝着草地飞来。无论是谁在驾驶这架直升机，他杀死了蔻。

他紧紧地握着弓，指关节都捏痛了。

他向自己承诺，那个飞行员会付出代价。

但是首先……

他的箭还有另一个特点。除了全黑的颜色、塑料箭羽、结实但质量轻的铝质箭杆，以及宽大的四刃锯齿“铜头撕裂者”箭头之外，它们还是空心的。

他将一支箭从中间旋开，从箭筒里倒出一个装好的 C-4 塑胶炸药，把一些炸药搓成长条，塞进箭杆中央的空洞。他重新将箭装好，然后如法炮制，又装好了三支箭。

接下来，他将“铜头撕裂者”从每根箭杆上旋下来，换成看上去很相似的宽箭头。

这种宽箭头有一点非常不同。它是个雷管，受到撞击时，内含的的少量起爆药会引爆塑胶炸药。

兰博将一支箭搭在弓上，将弓弦拉满至 30 英寸。当他瞄准草地另外一边路上的一辆卡车时，他感到每只弓臂末端的轮子都滚动起来调节力度，将需要施加在弦上的拉力从100磅减少到50磅。世界在他心中消失了，只剩下箭、弓，以及目标。宇宙停止了运转。

当他放开弓弦时，宇宙再次开始运转。弓臂上的轮子为弓弦额外施加了推力，将它的力量从50磅增加到100磅。在离开弓弦的一瞬间，箭以每秒250英尺的速度呼啸而出。

但是由于与目标距离遥远，而且中间还有遮挡视线的烟雾，所以当他并没有射中200码外的卡车时，他并不吃惊。不过他这一箭造成的效果足够好。一段路面爆炸了，有人被炸得飞了起来。即使从这么远的地方，他也能听到从爆炸中心传来的尖叫声。

他迅速地纠正瞄准的方向，又射出一箭。这一次，他击中了目标，卡车在凶猛的重击之下爆炸，紧接着是第二声爆炸，这次是油箱炸了，弹片和火焰吞噬了更多士兵。

他又射了一箭。

另一辆卡车在剧烈的爆炸声中解体。

他甚至试着对休伊直升机放了一箭，但是这支箭画着弧线从它旁边飞过，下坠，炸在更多士兵中间。

够了。

他需要节省自己的箭。之前，当他在森林里击溃泰中士的手下时，用箭射死8名士兵，之后他偷偷爬回尸体旁边收回了。虽然“铜头撕裂者”箭头上的倾斜倒刺通常会让箭杆无法从身体里拔出来，但是他只要将穿透尸体的宽箭头从箭杆上旋下来，就没有什么会阻碍箭杆了，他可以很轻松将箭拔出，再将宽箭头拧回到每支箭上。

但即便如此，他的供给也是有限的，他必须谨慎地使用它们。步枪开始朝着这座断崖射击，但子弹都没有打到他身边。于是他慢慢后撤，心中思考着下一步的策略。

但是当他看见 10 名士兵从路上冲下来，绕过正在燃烧的草地，朝自己这边过来的时候，他停住了。

领头的人——这么远的距离很难分辨——领头的人似乎是泰中士。

当兰博猫着腰从灌木丛覆盖的后坡钻下去的时候，他听到了休伊直升机的咆哮。

10

“现在怎么样了？他们杀死他了吗？”默多克问道。

在身边卫兵的监视下，陶德曼等待着无线电技术员的回答。

话务员摇摇头答道：“听上去肯定不是那么回事。”

“这话到底是什么意思？”默多克的脸气得发红。

“他刚刚放了一场林火，他杀死了负责行动的越南军官，他炸掉了两辆运兵卡车，而且……不，这肯定是弄错了。”

“只管说！”

“他们说他已经打死了 110 人。”

默多克的嘴唇动了一下，但没有发出声音来。他慢慢地转向机库的大门，凝视着树木葱茏的山丘。

那是东北方向，陶德曼知道。朝着越南的方向。

“上帝啊，那里到底在发生着什么？”默多克自言自语地问道。

11

泰在林子里穿行。蚊子在他汗津津的脸上大快朵颐，但他不敢去拍打这群令人发痒的家伙，以免让自己分心。

他的手下排列成一个散开的方阵，两边和后面的人脸朝外或者朝后，小心谨慎地穿行在热气蒸腾、黏人的林下灌木丛中，每一点声响都让他们畏缩不前。

泰告诉自己，兰博不可能剩下多少箭了。我们只需要继续跟踪他，继续消耗他的体力就行了。在经过波多夫斯克和雅辛在营地里对他的拷打之后，在他跑了这么远并发起这场战斗之后，他一定越来越虚弱了。

但是泰的信心已经比这场捕猎刚开始时小得多了。实际上，他在想自己为什么愚蠢到领着这群士兵到这里来。也许是当时的兴奋感，也许是为了给同志报仇，也许是希望能被调走。

是的，他想到了答案。所有这些都是原因。

但是这些原因足够抵消他的恐惧吗？他原以为会有多得多的人跟随自己，实际上跟着他来的只有一小群人，这让他在此刻感觉自己非常暴露，甚至赤身裸体。

但是那个打破平衡，让他继续追踪、搜索的因素，大到他根本无法忽略。

这个简单的事实就是，许多年前那个美国人在他手中逃走给他带来的第一次羞辱已经让他被仇恨吞噬，而今天早些时候那个美国人的箭让他在丢脸的恐慌中夺路而逃，又给他带来了第二次羞辱，让他现在更加出离愤怒。

其他士兵嘲笑了他。

为了这个，泰要把那个美国人的阳具割下来，塞进他自己嘴里。

一支箭射进他前面那个士兵的嘴里，迅速穿过他的牙齿，从脑后刺了出来，死相十分怪诞。其他士兵纷纷从方阵中脱离，扑向隐蔽处，没头没脑地胡乱放枪。

不！一切又要重演了，就像今天早晨那样，他心中的恐慌在增长。而这一次——不！——他绝不允许重蹈覆辙。

他的心脏跳得咚咚响，对手下叫喊着、辱骂着，又推又踢，强迫他们朝弓箭手的方向前进。

突然，他们当中的一个不见了，落进了那个美国人伪装得很正常的天然沉陷洞。当泰朝下瞅的时候，他看见几根尖木桩穿透了那个人的脖子、胸膛和私处。

士兵们仓皇后退。

“继续往前！”泰叫道，“否则我就亲自毙了你们！”

一支长矛插进了另一个人身上。

泰几乎是用胜利的语调尖叫着：“他没有箭了！继续追！他很快就只能扔石头了。”

一阵 AK-47 的枪声让他狂怒不已，来自他身后的一个士兵。

泰愤怒地转过身吼道：“不是现在，你这白痴！别浪费子弹！没看到他就别开枪！”

虽然泰还在叫喊，但他已经看出那阵枪声并非来自他的手下。射击来自远处，来自灌木丛中，那个美国人捡起了死者的枪！

泰的人倒下了，身上满是 7.62 毫米子弹的枪眼。

泰扑到一棵倒下的树的树干后面，瞥见了他的猎物。那个美国人用泥巴将藤蔓、树叶和荆棘粘在身上伪装起来，活像个从泥土里钻出来的魔鬼。他蹲在地上，举起步枪瞄准泰，他们愤怒的目光相遇了。

那支 AK-47 没有响，美国人低头看了一眼手上的枪，把它丢掉就跑。

但不是朝着泰的方向。

他是在逃跑。

狂喜之下，泰从树干后面站了起来，他举起自己的步枪开始射击，击碎了许多树叶。他打空了弹夹，又从地上抓起一把 AK-47，一边往前冲一边开火。

他开始大笑起来。

你用光了箭，你伪装了一个尖桩陷阱，你扔了一支长矛，你甚至还弄到一支步枪，但是现在它已经没有子弹了，你只有刀了。

哼，我有很多子弹，当我将弹夹里的子弹全部打进你的胸口之后，我要用那把刀割下你的……

泰突然惊愕地停了下来。他失去了平衡，身体向后倾斜，但是集中精力又往前走了几步。

他感到非常困惑。

我很确定，他心里想，我很确定你用光了所有的箭。

但他很快就明白，自己大错特错了。

因为一支箭此刻就插在他的肚子上，出现得像魔术一样突然：刚才你还没看见它，现在你看见了。

更重要的是，现在你感觉到它了。

是的。噢，天哪，是的。

太疼了，就像好几片剃刀割进了他的身体。

带着让他窒息的力量。

发生在仅仅 1 秒钟内。

而这 1 秒的最后一刹那，他惊恐地意识到，自己的肠子流了出来。

12

为了我背上和胸口上的伤疤，兰博心想，还有我头脑中的伤疤，还有那些从未停止的噩梦。

但他还有另一个伤疤，更深，更痛苦——蔻的死。

他听到那架休伊直升机正在冲林子飞过来。来吧，再近点，他心想，再近点。盛怒之下，他从一个被射死的士兵身上取回一支箭。和之前一样，他准备在箭杆里装满塑胶炸药，再安装一个雷管箭头。

如果他能吸引直升机靠近自己，并诱骗飞行员离开树林，以免影响箭的方向，他就能把他射下来。把他射下来？不，是把他轰成碎片。

但他需要小心，休伊直升机上有一条龙。

正当他从尸体上取回箭的时候，直升机突然出现在树冠之间的一道空隙中。兰博吃惊地向上一瞥，看见了座舱玻璃罩后面飞行员的脸。

那个哥萨克人。

哥萨克人也看见了他，愣住了。

没时间射箭了。

兰博拔腿就跑，打算有机会时再原路返回将箭取下。他绕过树林，发疯似的穿过灌木丛。他感到肩胛骨发紧。龙随时都可能喷射，凶猛的柱状弹流伴随着雷鸣般的咆哮，将沿着他在森林中的轨迹射来，击碎他的掩护，让他无所遁形，直到……

但是他的掩护自行开始消失了，越来越低矮，越来越稀疏。阴影越来越小，阳光越来越亮。

上帝啊，又是一片开阔地。

不能让他在开阔地里抓到我。

兰博向左一拐，从稀疏的树林中穿过。龙停下了，但他不明白是怎么回事。他有了抓到我的机会，但他却没有利用这个机会。没弹药了？

兰博冒险朝身后看了一眼，休伊继续咆哮着靠近，但是龙仍然没有喷射，这让兰博更加确信它没有子弹了。在安装武器的地方，他听到了体型更小的 M-60 机枪的射击声。

他看到两个物体从休伊直升机打开的舱门里投掷出来，两个长长的金属圆筒。它们不是笔直落下的，而是带着从直升机那里获得的速度朝着他的方向落过来，开始在空中翻滚。

比龙更糟糕。

凝固汽油弹！

兰博拼命地奔跑，他的肺胀得发疼，双腿用尽全力，迈着最大的步子狂奔。

透过林下灌木丛，他看到前面有什么东西从右到左在闪光。在身后，他听到了那两个圆筒在地面上破裂的撞击声。“轰”！猛烈的液体爆炸激起不断膨胀的热浪，追逐着他，20 米长的弧形火焰将涌进林子。他闻到了烟雾怪异的甜味，感受到了背上的热量，甚至看到了前方自己的影子，尽管耀眼的太阳明明在头顶。

火焰开始烧到他的背，巨大的推力将他抛向前方，他借着这股推力顺势向前一跃。

跳向他刚刚在树林里看到的闪光，那是一条溪流。兰博扎进溪流之中，感到水冷却了被灼烧的后背。他斜着身体朝更深处游去，时而踢腿，时而挥动双臂。当迅疾的水流将他翻转过来，他看见火舌正在从上方的水面扫过。水流再次将他翻转，这次面朝水底，他看见熊熊燃烧的凝固汽油弹让泥泞的溪底呈现出橙色。

被水流推动着，他从水里的圆石旁擦身而过，强忍着疼痛，屏住呼吸。溪流下降，升起，再次下降，像是某种疯狂而怪诞的游乐园项目。当上面的火焰消失时，他无法再继续憋气，挣扎着向水面游去，双手在水里划着。

溪流消失了。兰博的身体猛地下坠，他感到胃被提了起来。在阳光下，他骤然落下，鼓着胸脯大口呼吸空气，听到下面传来隆隆的响声。随着他的下坠，隆隆声越来越大。这是一座大瀑布。转瞬之间，隆隆声直接冲进了他的耳朵，他的身体掉入瀑布底部的水潭。入水时的冲击力把他摔得晕头转向，他喝了一口水，差点儿窒息，然后蹬了一脚他差点儿撞在上面的圆石。兰博浮出了水面，喘着气，身体随漩涡旋转着。

他抹干净了眼睛，好让它们看清楚，然后挣扎着向上看去。高高的悬崖上，大火的风暴肆虐着。

休伊直升机从火上飞过，猛扑下来，继续着它的攻击。M-60 机枪咆哮着，子弹击碎了他身后的岩石水岸。

龙呢？没有子弹了？

不！它喷射了。

兰博深深吸了一口气，手脚并用地下潜，钻进了沸腾的潭底。

13

当直升机向下冲向那道裂口时，雅辛透过座舱的树脂玻璃看到那个水潭变得越来越大。他舔了舔自己破碎的牙齿，用舌头感觉了一下它们参差不齐的边缘，就像碎玻璃一样。他将拇指狠狠地按在龙的射击按钮上，看着倾泻而出的子弹搅动着水潭，让水像是烧开了一样。在他身后的机舱里，一名机枪手用 M-60 机枪扫射着水潭。雅辛想对着它打光自己枪里的子弹，将空弹药箱砸下去，对着它撒尿。

他拿开按在龙的射击按钮上的拇指，身后的机枪手也放开了 M-60 机枪的扳机，沸腾的水潭又恢复了它那正常状态下泛起泡沫的涡流。雅辛操纵着直升机靠近水潭。

“看见他的尸体了吗？”他向后面的两个士兵吼道。

他们从两侧打开的舱门向外观望，但是没有回答。

“漩涡会把尸体冲上水面的！”

或者不会，雅辛心想。如果有暗流的话，他的尸体可能会卡在水底的岩石之间。

“那血呢？”他喊道，“你们看见血了吗？”

他们没有看见，他也没有。

但是那个美国人不可能活下来！

可能是漩涡把血搅得太散，看起来不明显了。雅辛降低了休伊直升机，他需要凑近观看。

“你！”他对平时开这架直升机的士兵说道，“过来控制飞机！我要到后面去！”

士兵遵命了。雅辛大步走到后面，睁大眼睛从左侧打开的舱门朝下看，没有血。

“低点儿！”他对飞行员说。

“但我们快要进到水里了。”

“再低点儿！”

飞行员遵命了。

水就在雅辛正下方搅动着，他仔细观察水面上的泡沫。雾气从隆隆作响的瀑布飘过来，进入了直升机里。

这毫无意义，雅辛心想，我们会把自己弄死的。

然后他意识到水流可能已经把尸体冲到下游去了，这就是我为什么没见到血的原因，血会出现在下游。

他点点头，对飞行员说：“拉起来，顺着水流走！”

飞行员看上去如释重负。当休伊直升机慢慢升起时，雅辛旁边的士兵松了一口气。

然后直升机倾斜了一下，他猛地抓住机舱内的隔板，努力保持着平衡。

雅辛向飞行员吼道：“你是怎么搞的？”

“气流！从瀑布吹来的气流！”

直升机又倾斜了一下。

“稳住飞机！”

“我在努力！风太——！”

雅辛厌烦地扫了一眼对面抓住机舱隔板的那个士兵。

但那个士兵不在那里。

当他摔出飞机掉入水中的时候，雅辛只瞥见了他军装的影子。

那个美国人突然冒了出来，闯进舱门。他浑身滴水，肮脏不堪，凶光毕露。

雅辛这才意识到，他一直吊在起落架的一侧。这就是直升机总是倾斜的原因，因为它的重量不平衡，他一定是在直升机开始上升时从水里跳上来的。

他拔出自己的手枪的那一刻，这些念头纷纷在脑海中涌现。

但是美国人已经从对面冲了过来，抓住他的手腕，阻止他瞄准。雅辛伸出手去抓美国人的脸，想把那双燃烧的眼睛抠出来。他们就像在跳某种怪异的舞蹈，前后左右地摇摆着，倒向一侧开着的舱门，然后又倒向另一侧。

雅辛挡住打向自己咽喉的一击，踢向对手的裆部。但是美国人躲开了，并且在他拿枪的手腕上狠狠地打了一下。这一击非常有力，以至于雅辛的手指不由自主地松开了，手枪一下子掉在金属地板上，从舱门滑了出去。

他们像摔跤手一样蜷伏在地上，彼此环绕着转圈。

休伊直升机再次倾斜。但是这一次，雅辛知道是为什么。飞行员正在试图让美国人失去平衡。

如果不是我先失去平衡的话，雅辛心想。

他们彼此扭打着，撞在龙的弹药箱旁边的机舱壁上。休伊直升机倾斜了一下，又恢复了平衡。当雅辛对准对手的鼻梁猛地挥出一拳时，外面的空间突然发出巨大的咆哮声，直升机又倾斜了。

雅辛的心脏剧烈地跳动着。接下来他知道的，就是他踉踉跄跄地后退，半个身子都探出了舱门外。他抓住门边，惊恐地吊在半空，悬在一掠而过的树梢上方。风撕扯着他的军装。伴随着一声愤怒的叫喊，他又冲回到直升飞机里。

这一次，休伊直升机朝另一个方向倾斜了。那个美国人胸口挨了雅辛一拳，向后倒去。

美国人摔出门外。

14

当兰博的身体离开舱门时，他迅速抓住了自己看见的第一样东西，安装在机舱门口架子上的 M-60 机枪。身体从机枪旁边掠过时，他一把抓住了把手，机枪随着他转动起来，座架固定在地板上的螺栓猛地一下拉紧。他吊在半空，树叶摩擦着他的靴子。

苏联人发出胜利的叫喊，大步走上前来。

兰博松开抓住机枪后部的一只手，往上一伸，将 M-60 机枪的枪栓拉了回来，让它进入射击状态，枪管指向直升机的内部。

身体颤抖着吊在半空，兰博扣动了扳机，子弹直奔哥萨克人而去。机枪的咆哮声似乎比螺旋桨和气流声还大，随着空弹壳在空中闪着光，子弹击穿了苏联人的胸膛，将他向后推出另一侧的门，兰博看见了喷薄而出的血雾。

为了蔻，他心想。

为了蔻。

那个苏联人不见了。

但是兰博感到直升机突然倾斜了一下。它下降得离树梢更近了，一边摇摆一边下探，飞行员显然在试图把他甩下来。兰博此刻两只手同时抓住 M-60 机枪，将身体提了起来，竭尽全力，大汗淋漓，他抓住了舱门的一边，爬进了机舱。

他愤怒地拔出了刀。

他冲向飞行员。当刀碰到飞行员的脖子时，飞行员吓得一哆嗦。

“我给你一个选择。”

飞行员屈服了。他避开刀刃，扭动着身体离开座位，退向后舱门，尖叫着跳了出去。直升机又倾斜了一下，兰博抓住了操纵杆。

15

“好了，除了发电机，所有东西都装好了，”默多克说，“我们需要搬无线电了。”

机库变成了一个会产生回音的巨大空壳。在阴暗的机库外面，游隼型喷气式飞机和阿古斯塔直升机在阳光下等待着，它们的机舱都已经装得满满当当，随时准备起飞。其他直升机已经降落，准备运输剩下的装备。人们站在外面，准备登机。

但是那个无线电技术员将耳机紧紧地按在头上，还举着一只手，好像他不愿意错过什么似的。

“我说了，拆掉无线电。”默多克下令。

陶德曼仍在卫兵的监视之下，当看见无线电技术员脸上入迷的表情时，他站直了身子。

“我觉得你会想听这个的。”技术员说。

“啊……”默多克放松下来，“他死了？”

“那可未必，长官。我听到了基地里那名苏联军官发出的消息，他的声音听上去很惊慌。他和那架直升机的苏联飞行员失去了联系。有那么一会儿，他以为直升机可能坠毁了。”

“有那么一会儿？”默多克皱起了眉，“也就是说，是发生了别的事情？”

“嗯，是的，长官。那个苏联军官确信现在它已经被夺取了。”

“再说一遍。”

“兰博。似乎是他夺取了直升机。”

“什么？”

“他……夺取了它，那架直升机。”

“上帝啊！这不可能是真的。”

“嗯，苏联人之所以这样想……他之所以正在拼命呼叫救援，原因是……”

陶德曼想笑。

“那架直升机正在攻击基地，实际上，它正在将基地轰成渣渣。”

默多克瞪大了眼，仿佛完全听不懂的样子。

“我跟你说过，”陶德曼说，“那孩子适应性很强。”

默多克叹了口气，缓缓转向装满货物的游隼和阿古斯塔，以及其他已经打包好装备的直升机，还有准备登机的人群。

他叫喊起来，声音被空洞的机库放大得有些吓人：“所有人！我要你们把那些东西全部卸下来！全部搬回原地！”

“什么？”一个副官一脸困惑地走到机库门口。

埃里克森和道尔突然站在默多克身边。

“全部搬回原地！”他似乎自信起来，“这个见鬼的任务还没有结束！”

16

雾气消散了。透过休伊直升机的树脂玻璃，兰博看见了基地。他将拇指按在龙的射击按钮上，一道火光落了下去，左边的警戒塔解体了，变成一团下坠的碎片，龙的咆哮声回荡在整座山谷中。

他调转直升机的方向，龙再次咆哮起来，橙色的光柱抹去了右边的警戒塔。他更加愤怒地转动飞机，按着按钮。卫兵们刚刚举起步枪瞄准直升机，就被炸得像灌满鲜血的气球一样爆开。右边的那排营房不存在了，中间的那排——他遭受折磨的地方——变成了燃烧的碎片。他击碎了大门口的岗亭。他还炸碎了一辆卡车，车体像铝箔一样被撕开，碎片横飞。三个跑在卡车后面的士兵被炸成了齑粉，红色的血雾和撕碎的军装在空气中飘浮。

呀！

他想叫出来。

呀！

或许他真的叫了，或许他以为听到的是从下面传来的可怕的尖叫声，实际上是从自己那拉紧的、刺痛的声带以及被愤怒扭曲的嘴巴里发出来的。他永远也无法知道了。

他夷平、消灭、抹掉了左边那排营房，那是多年前自己曾被关押过的地方。

呀！

他继续射击，无法停下来。龙咆哮着，削平了又一座岗楼，炸碎了另一辆卡车。轰掉了所有一切！

除非他将这里的一切送进地狱，这场噩梦才能终止。

除非他让这里不复存在。

但是，一切都不存在。这不是他的山地土著老师教他的吗？

禅宗之道？

那么，摧毁并不存在的东西为什么让你感觉那么好呢？

因为你不完美。

不，因为我受够了。在那座小镇，他们逼我。而在这里，这些家伙也逼我。默多克抛弃了我。还有，蔻被杀了。

现在我生气了！

他将直升机降落到地面上。他关掉发动机，冲到后面，将 M-60 机枪从座架上卸下来。兰博不顾它巨大的重量一把将它抓了起来，再背上子弹带，愤怒地从直升机上跳下来，穿过雾气和烟尘向前走去。兰博的身上裹着泥巴、藤蔓、树枝、荆棘、鲜血、汗水，感觉自己的眼睛像龙喷出的怒火一样燃烧着。他将 M-60 机枪端在腰间，向所有穿着军装的东西射击。

他杀呀……

……杀呀……

杀呀。

17

除了火焰燃烧的噼啪声，营地死一般地寂静。

兰博疲惫地迈步穿过烟雾和废墟，端着重得压得肩膀和后背发疼的M-60机枪不时朝前方各处瞄准，向营地后面的山洞走去。

一个士兵从一堆瓦砾后面惊恐地蹿了出来，他没有武器，慌乱地向森林中逃去，兰博没有理他。

另一个士兵藏在一棵树后面朝兰博开枪，兰博打中了树边的一块大石头，跳弹让那个士兵一头栽进了灌木丛。

此刻，透过烟雾，他看到了将战俘关在山洞里的竹栏杆。

而那个名叫波多夫斯克的苏联军官正站在栏杆前面，用手枪瞄着里面的犯人们。

“我们现在的状况，我相信应该叫作僵局吧。”波多夫斯克用英语说道。他的话语显示出自信，但是他的脸色一片惨白。

他的声音还是发抖的。

兰博继续往前走。

“如果你对我开枪，我的手指会在扳机上抽搐一下，这些人当中的一个就会死掉。”

兰博走得更近了。

“你做的这一切，不是为了看着他们当中的某个人刚一得救就死掉吧。”

“抓住机会打死他。”班克斯在栏杆后面咆哮着。

听到他的声音，兰博感觉很高兴。他本来还担心班克斯会被杀掉，以示对自己逃走的惩罚。

“我要的只是承诺放我走，”波多夫斯克说，“我的命换他们当中一个人的命。”

但是兰博继续往前走，波多夫斯克颤抖了。

“你赢了！”苏联人叫道，“这还不够吗？”

他猛地转过身朝兰博开枪，然而一只手从栏杆里伸出来，猛地攥住了波多夫斯克的手腕。这只手上几乎没有肉，它仿佛属于一具从坟墓里爬出来复仇的尸体。这只骨瘦如柴的手本应没什么力量，但是它紧紧地抓着波多夫斯克，犹如死亡之握。当苏联人挣脱时，他的手腕又被兰博抓住了。兰博用力将它拧断，就像拧断一根引火柴一样。

波多夫斯克大尖叫起来，手枪掉到了地上。

兰博将 M-60 机枪丢在地上，发出哗啦一声。他抓起苏联人，拽着不断挣扎的他在营地走了 30 码远——“不！”——然后抓住一条腿和一条胳膊，将他举起。

高高举过自己的头顶。

“不！”

兰博把他扔进了烂泥坑。伴随着溅开的泥浆，波多夫斯克的尖叫声消失了。

各种各样的东西将他淹没。

18

技术员们在士兵的帮助下匆忙重新组装装备，机库里再一次忙碌起来。

“别管其他东西！”默多克下令道，“我要让雷达先运转起来！”

陶德曼惊奇地摇了摇头，一时无法适应这个人的变化。在抛弃了兰博并且实际上急切地希望兰博去死之后，默多克现在又在竭尽全力救他，要把他带回来。

“那架阿古斯塔直升机一定要空着！”默多克下令道，“埃里克森！道尔！再次检查它的武器！”

陶德曼的心往下一沉，突然产生了一种预感。默多克的行为出自另一种原因，另一种完全不同的动机。不是为了救兰博，不是把他带回来，而是……

不，当然不。默多克根本不会……

19

兰博将 M-60 机枪对准远离战俘们的方向，开枪打掉了竹栏杆上的锁。他抓住门，一下子把它拉开。战俘们呆呆地望着，震惊得说不出话，一动不动。

但是突然之间，他们的敬畏变成了急切。

“看在上帝的分儿上，咱们走吧！”班克斯叫道。

那些还有力气的人把更加病弱的人扶了起来，兰博从山洞里弄出了那个得疟疾的人。他们试图迅速穿越营地，但是战俘们只能像僵尸一样可怜地往前挪着，与其说是在跑，不如说是拖着脚走。一个人踉踉跄跄，班克斯在他即将摔倒时抓住了他。

他们终于走到了休伊直升机跟前，但就算到了这里也还没完。一个受伤的士兵藏在一座营房的废墟中开了一枪，从侧面打中了一个战俘。班克斯气疯了，从地上抓起一把 AK-47，把那个士兵打成了马蜂窝。

班克斯看上去如此凶狠，兰博打心眼儿里明白，对于这个人，噩梦同样永远不会结束。

或许对其他人也是一样。

除非你死了，否则关于这场该死的战争的一切永远不会离开你。

他们挤在一起，爬着，攀着，扭动着钻进了直升机。兰博将那个伤者抬进去，匆忙地将 M-60 机枪重新安装在座架上，然后朝操纵台冲去。当螺旋桨开始转动，引擎的轰鸣声越来越响时，他听到了另一个声音。这个声音很微弱，几乎听不见。

但他还是听到了。他回头一看，找到了这个声音的由来，战俘们脸上挂着泪珠，他听见的是他们的啜泣声。

他再次面向座舱的树脂玻璃罩，螺旋桨全速旋转。

他是对的，关于这场战争的一切都永远不会结束。他的心脏猛地一紧……因为在前方，他看见一架苏联武装直升机冲出炫目的阳光，呈现出庞大的影子。

庞大这个词根本不够形容它。这是一架苏联米 -24 直升机，即使离得这么远，兰博也认得出来，因为米 -24 的影子让它看上去像是直升机和运输机的怪异混合体，一节带螺旋桨的货车车厢。

上帝啊，这混蛋玩意儿还有机翼。

而机翼下面简直挂着一座军火库，武器……各种各样的武器。火炮、火箭弹、导弹，它们那庞大的影子令人畏惧。

那个该死的东西以令人难以置信的优雅飞下来了。

兰博突然将休伊直升机升离地面，朝林木线呼啸而去。米 -24 开火了，休伊右边的地面炸裂开，泥土像喷泉一样腾起，追逐着爬升的休伊。

但是由于装满了人，休伊勉强才避开树梢，兰博猛地往左一拐，想要避开机头枪的枪口，战俘们摇晃着撞在一起。他匆忙往上一瞥，看见苏联直升机一个大转弯，再次瞄准了他的方向。他猛地向另一边，也就是右边转向，刚转过去树梢就爆炸了。

后面的 M-60 机枪咆哮起来，班克斯抓住枪把，正在还击。

当兰博让休伊的机头斜向下加速飞行时，地面旋转起来，地平线倾斜着。现在它的机尾高高地伸出树梢上方，机头的无线电天线抽打着树顶的叶片。

米 -24 转到了休伊的一侧。它尽管笨重，但由于机翼提供了稳定性，可以做出令人惊叹的急转弯动作。它的体积是休伊的两倍，动力也是休伊的两倍，现在它靠得更近了。

兰博疯狂地驾驶着休伊直升机，向下盯着似乎就在几英寸之外的树梢，以每小时 120 英里的速度迅疾而过。休伊不时地骤降和转向，战俘们东倒西歪地撞在机舱壁上。

两枚火箭弹闪着火光飞了过去，爆炸的火球从丛林中升起。当苏联直升机靠得更近时，兰博看到树林中有一条“之”字形的缺口，赶紧俯冲下去，到了一条河的上空。河两边的树构成了一条狭窄的峡谷，树枝悬垂在河面上。那架苏联武装直升机块头太大，到不了这里。

当休伊在树木的浓荫中进进出出时，兰博心想，也许我们也不该到这里来。在前面，浓密的树枝缠绕着架在河面上，他必须从树枝下面飞过去。休伊的起落架伸进水面，激起混浊的河水。

又有两枚火箭弹闪过，一枚在河岸的一棵树上爆炸，另一枚击中了河面。当兰博从火球旁边飞过时，溅起的河水落在休伊直升机的左侧。

这条河还在弯弯曲曲地向前延伸。兰博集中注意力，几乎是在用不可思议的第二视觉进行预判，不断转向。

右边的森林发生了爆炸，冲击波震动着休伊。哗！弹片击碎了座舱罩，破碎的大块塑料和金属划破了兰博的肩膀和胸口，疼得难忍，一时间他担心自己的胳膊是不是断了。在后面的机舱里，一个战俘呻吟起来，好像被击中了。

休伊抖动着。它的操纵杆感觉软绵绵的，它的速度慢了下来。

我们完了，兰博心想。如果再有一枚火箭弹在离我们这么近的地方爆炸……

别去想什么近不近了。休伊现在迟钝地咔咔作响，米 -24 能够毫不费力地瞄准它。再有 10 秒，也许是 5 秒，然后……

兰博轻轻将油门杆往后拉，进一步降低了休伊的速度，前前后后地转向，仿佛直升机已经失去了控制，然后钻进河面上一条又长又暗的树冠隧道。开到隧道的中间时，他将直升机悬停在原地。

“班克斯！在后面找找！看看能不能找到一把信号枪！”

“你想让我用一把愚蠢的信号枪去打那个东西？”

“不！打森林的边缘！你能找到吗？”

“找到了，我……”

“快打呀！”

信号弹在树林边缘爆炸，烟雾和火焰升起。

兰博尽力想象着，当休伊没有从树冠隧道的另一头出现时，苏联飞行员会怎么想。他希望敌人会认为休伊承受了严重的损伤，足够让它坠落，烟雾和火焰更会证实他的怀疑。飞行员会等待几秒钟，然后当休伊仍然没有出现时，他会仔细检查这条树冠隧道的入口，而当他确信了自己的判断，他会悬停在半空，用火箭弹摧毁整段隧道。

7！兰博在心里数着。

他将休伊向前移动了一点儿。

6！

他又停了下来，对后面吼道：“抓紧身边的东西！”

5！

他加大了休伊的油门。

4！

他擦去眼睛上的血和汗水，胳膊疼得很。

3！

他将拇指放在龙的射击按钮上面。

2！

1！

休伊猛地向前冲去。在树冠隧道中猛地向前，兰博感觉胃贴到了脊椎上，但是当他猛地升起飞机，它又向下落进了肚子。祈祷着直升机的操纵杆会有反应，他又转了一个更急的弯，结果惊恐地发现自己正和那架苏联武装直升机面对面，距离如此之近，他都能看清那个飞行员目瞪口呆的表情。

这将是那个飞行员最后的感觉了。

兰博按下了龙的射击按钮。

电闪雷鸣，天空炸开了。

20

“独狼呼叫狼穴……独狼呼叫狼穴……是否收到？完毕。”

默多克已经下令所有无线电台转接到扬声器上，而不是通过耳机接收。

听到这个声音，他紧张起来。

兰博的声音。

疲惫不堪，备受折磨。

“回答他。”默多克说。

“我们收到了，独狼，”技术员说，“请讲。”

“准备……”兰博好像因为疼痛而倒吸了一口气，声音听起来十分痛苦，“准备……紧急降落，直升机上有……”又一次急促的呼吸声，几乎是呻吟，“……美国战俘。完毕。”

围在控制台周围的人用期待的眼神看着默多克。眼看他不吭声，他们皱起了眉头。一些人愤怒得坐立不安。

默多克观察着他们，意识到了他们的敌对情绪。“告诉他，”默多克想了一下，“告诉他，‘同意紧急着陆。干得好，独狼。地面已经开始做接应准备了。’”

有人欢呼了一声，激动的情绪很有感染力，其他人也叫了起来。他们叫喊着，让默多克想起当一支高中橄榄球队赢得冠军时的情景。他们跑向医疗设备、担架、灭火器、停机坪的泡沫橡胶垫……

控制台周围很快就空了。

只剩下那个无线电技术员、埃里克森和道尔。

“哎，这些人搞什么。”默多克耸耸肩，“这是他挣来的待遇，我猜。给他护航吧。”

“我没意见，不过我们得等一等。”埃里克森瞥了一眼雷达屏幕，“先看看他在什么地方。”他点点头，“啊，现在我看见他了。”他皱了下眉，“但是他的速度也太慢了，如果我是他，肯定想尽快飞回来。不，情况不太对。”

“那就对了，”道尔说，“更有理由过去给他护航了。”

“美国战俘，”技术员一边摇头一边说道，“我可能又变得有爱国心了，我感觉我回到了七三年，当其他部队回国的时候。”

“是啊，”默多克说，“那场战争已经打完了，但它还没有结束。”

21

“是呀,《星球大战》,”兰博用说话的方式分散对疼痛的注意力,“等你们回国时，肯定想看上 6 遍才过瘾。有人看过 20 遍。”

战俘们入迷地在他身边凑得更近了。

“天行者卢克？”班克斯问道。

“没错。”兰博一边说一边尽力保持着休伊直升机的稳定，他疼得龇牙咧嘴,努力抑制住呕吐的冲动,“还有一个戴黑头盔披黑斗篷的人，达斯・维达，他有一把剑……其实不是剑……它是……前面就是湄公河了。”

战俘们不再关心《星球大战》了,他们有更令人激动的事情要考虑。

“河另一边，”班克斯问道，“是不是……？”

“泰国。”兰博答道。

“在那之后呢……？”

“家。”

这个字让机舱陷入一片寂静。

“家，”有人喃喃自语，“这么多年了，我还能保持精神正常，就是靠记得……”

“冰淇淋和汉堡。”有人说。

“意大利香肠披萨。”

“热狗，炸薯条。”

“啤酒和道奇队。”

“我的孩子现在 16 岁了，他应该能开车了，他不会记得我长什么样子了。”

“我老婆，我不知道她是不是还……”

“那边是什么样子的？”

“是啊，是什么样？那个世界？”

兰博犹豫了。

“怎么？”班克斯问道，“有什么问题吗？”

“没什么。”兰博无法开口告诉他们，那样做就太过分了，可以说是一种罪恶，“家吗？还是老样子，”他撒谎了，“美好的美国从未改变。”

“拜托，伙计，她肯定有变化。”

兰博无法开口告诉他们越南这个名字即将变成尼加拉瓜了，也许这就是天行者卢克的光剑如此受欢迎的原因。《星球大战》对战争的描述是干净的，如果你的手被砍掉了，你会得到一只新的手，那是在电影里。不，他不能告诉他们关于尼加拉瓜的事，那就太过分了。

随着湄公河在眼前越来越宽，他看见河那边的天空出现了一个小斑点。

22

默多克把无线电技术员派出了机库。“我在这里给你值班，”他说，“你只管走吧，去望着天空等他们吧。”

当技术员走出机库，他对着麦克风说道：“头狼呼叫铁锤，当不明……重复一遍……当不明直升机越过湄公河进入泰国时，将其击落，随后前往坠机地点将你们的所有火箭弹打进直升机残骸，不留生还者。重复，不留生还者。明白了吗，铁锤？”

噼啪作响的电流中传来埃里克森困惑的声音：“嗯，长官……我现在有一点听力上的困难。”

“你在说什么？完毕。”

23

“啊……”埃里克森在直升机里说，“我的问题是——我的耳朵塞进了个东西。”

他耳朵里塞的是陶德曼的 M-16 步枪的枪口。在后面，道尔不省人事地趴着。藏在两堆弹药箱之间的陶德曼揭开了盖在上面的防水油布。他更用力地将步枪抵在埃里克森的耳朵上，弯腰关掉了无线电。“告诉我，埃里克森，你难道不会更喜欢飞旅游短途线路吗？法国南部？”

前方，透过树脂玻璃，他看见了兰博的休伊直升机。兰博正在操纵台前痛苦地流着血。

但是兰博能够看到阿古斯塔直升机树脂玻璃座舱罩的里面。陶德曼确信这一点，他能够看到自己正用枪抵着埃里克森的头。

带着专业人士的庄严——陶德曼有点儿喘不过气来，他们向彼此点了点头。

24

兰博不管停机坪上的泡沫橡胶垫，愤怒地直接将休伊直升机开进了机库，摇摇晃晃地落在地板上。随着医护人员和救火人员冲向直升机，他从打开的舱门走下来，抓着 M-60 机枪。他脸上的表情如此凶狠，所有人都吓得往后退。

只有一个医护人员朝直升机里看了一眼，里面的血惊得他目瞪口呆。

兰博全身都是血，他一边走一边流血，在身后留下一道血迹。

机库外面，那架阿古斯塔降落了。当士兵们急匆匆地跑过来，用他们的 M-16 步枪对准兰博的时候，兰博听见阿古斯塔的扬声器传来一个声音，这个声音是陶德曼的。“放下你们的武器！再说一遍！放下你们的武器！这道命令来自一个非常愤怒的上校！”

兰博转过身，从机库里朝那架阿古斯塔望去。陶德曼站在打开的舱门口，用机枪瞄着士兵们。

陶德曼的眼神说明了一切。

六八年在西贡的时候，他们曾在酒吧度过一个下午。

陶德曼当时说:“我有两个女儿，我很高兴她们是女儿，我爱她们。我不想要别的，相信我。但是……如果我有儿子的话，我想让他……是你。”

兰博回答道：“我的父亲酗酒，还打我母亲。母亲死了之后我就入伍了。为了逃离……如果我有个体面的父亲……我想让他……是你。”

此时他们互相看了一眼，兰博明白了。

他得到了许可。

他转过手中的 M-60 机枪，对准计算机、雷达、无线电、其余所有控制台。他扣动扳机，身体随着机枪的后坐力颤抖起来，将所有一切轰成碎片，就像他在战俘营干的一样。控制台爆炸了，计算机解体了，雷达屏幕爆裂了。

这给了他极大的满足感。

但是还不够，很不够。

他调转机枪，对着正缩在一面墙上的默多克。兰博愤怒地朝他大步走去，心脏剧烈地跳动。

“你！”他喊道，“你！你就是害人精！我第一次去那儿，就是因为像你这样的蛆虫。然后我又去了第二次，还是因为你！而且每一次，你都背叛了我！第一次，你不让我赢！第二次，你用尽手段，还是不让我赢！可我还是赢了！不是吗？”他脖子上的肌肉鼓得如此厉害，以至于他自己都感觉被勒住了似的。

“嘿，”默多克慌张地往后退，“别把我和那些下命令的人混为一谈，我只是个中间人，我是……”

“一个工具，”兰博一边说一边端着机枪走上前去，“一个零件，而我想对你的零件做点什么……”

“先等等，”默多克缩到了更后面，“你得——”

“什么？”

“你得让我解释。”

“解释什么，你想说如果是你还有向你下令的政客这样的家伙和他们战斗的话，战争就会少得多吗？”

“嗯，当然，我是说，”默多克颤抖着蜷缩在一个角落里，“如果你这么说的话。嘿，你想说什么都行。”

“我要说的是这个。”兰博举起 M-60 机枪，对准默多克，扣动了扳机。

咔嗒一声，没有子弹。

默多克拉了一裤子。

黄色的液体顺着他的裤腿流下，在地板上聚了一摊。

“还有更多人在那里，”兰博说，“更多战俘……你要找到他们……否则我会找到你……也许，最终，这场战争将会结束。”

兰博将机枪扔到地板上，转身朝陶德曼走去。

25

他们停下脚步，相互对视。

“在国内，在那个监狱，”陶德曼说，“我问过你想要什么，还记得你是怎么回答的吗？”

兰博点点头：“我想要有个人告诉我……”

“我来对你说吧，你想有人告诉你，‘你干得好，约翰。’我真心觉得你干得好，我现在就告诉你。”

过了很长时间，兰博点点头。

“现在打算干什么呢？”陶德曼问道。

“不知道。”

“你怎么生活呢？”

“一天一天地过。”

“你想要我陪你吗？”

“嗯……不。”

“我明白，我会让你走的，你需要那些医护人员。但你觉得……”

“说吧。”

“你觉得这场战争现在终于结束了吗？”

“在第二次体验了它之后吗？”兰博问道。

“但是这一次你赢了，这件事很可能会让你再得到一枚荣誉勋章。”

兰博转向那些被担架抬下来的战俘：“给他们吧。”

“但是你呢？”

“你不记得你教给我什么了吗？关键是……生存下来。”

“就这些？”

陶德曼的问题让兰博想起蔻曾经问过他的一个相似的问题。

“你想要什么？”她问。

“生存。”他答。

“生存？那和生活不一样。”

蔻。

“生存，”兰博说，“除此之外还有什么呢？”

在身后，班克斯躺在一副担架上被抬进一架直升机：“嘿，伙计，你干得好！”